*Jules et Joe*

DU MÊME AUTEUR

*Le Tigre d'écume*, Gallimard, coll. « Blanche », 1981. Prix de la Fondation Laurent-Vibert de Lourmarin

*Le Couturier de Zviska*, Presses de la Renaissance, coll. « Romans », 1984

*S'il pleut, il pleuvra*, Presses de la Renaissance, 1987. Prix littéraire de la Vocation 1987

*Rêves d'escales, escales de rêve* suivi de *Sur les rails, été 1921*, Éditions Isoète, coll. « Rivages d'encre », 1988

*Vingt-deux nuances de gris*, Presses de la Renaissance, coll. « Les Nouvelles françaises », 1990

*Bill et Bela*, Presses de la Renaissance, coll. « Les romans français », 1993. Prix Thyde-Monnier de la Société des gens de lettres

*Notre-Dame des Queens*, avec les photographies de Guillaume Brown, historique de Jean-Louis Libourel et Marie-Hélène Renou-Enault, Éditions Isoète, 1995

*Mauve Haviland*, Éditions du Seuil, coll. « Roman français », 2000

*Tube...*, Éditions Isoète, 2002

*La Fille qui hurle sur l'affiche*, Gallimard, coll. « Blanche », 2003

*Milledgeville, sanctuaire des oiseaux et des fous. Flannery O'Connor, un autoportrait*, Fayard, 2004

*Horowitz et mon père*, Fayard, 2005. Prix Jean-Freustié, prix de la Ville de Caen, prix Saint-Émilion, prix du Cotentin ; Le Livre de poche, 2007

*Un fauteuil au bord du vide*, Fayard, 2006. Prix François-Mauriac de l'Académie française 2007, prix de la reine Mathilde 2007 ; Le Livre de poche, 2009

*China et la Grande Fabrique*, Fayard, 2007 ; Le Livre de poche, 2010. Prix Cœur de France de la Ville de Limoges

*Céline's Band*, Robert Laffont, 2011

*Le Parieur*, Fayard, 2012

*Folles de Django*, Robert Laffont, 2013. Prix Georges-Brassens

*La Dernière Enquête de Dino Buzzati*, Denoël, 2022

ALEXIS SALATKO

# *Jules et Joe*

ROMAN

DENOËL

*À mon père*

« Pauvre folle ! que ton cœur, crois-moi, ne se fasse pas tel chagrin. Nul mortel ne saurait me jeter en pâture à Hadès avant l'heure fixée. Je te le dis ; il n'est pas d'homme, lâche ou brave, qui échappe à son destin, du jour qu'il est né. »

Homère, *L'Iliade*, chant VI
(traduction de Paul Mazon)

*Mon fils, là-bas sur mon bureau à Athènes, il y a toujours cette photo de toi, prise à l'Olympia, où tu fais tournoyer ton micro comme un lasso... Que cherchais-tu à attraper ? L'amour ? La gloire ? Ou ce bonheur qui toujours te fuyait ?*

*Où que j'aille, tu es là, dans mon cœur, dans mes pensées, et même dans l'odeur des cigarettes que Melina fume du matin au soir en déclamant ses discours politiques.*

*Souvent la nuit je rêve de toi, mon Joe. Nous marchons côte à côte sur une plage de Californie, sur un sentier en Crète, le long d'un trottoir de New York, à Paris, au jardin des Tuileries, jusqu'à cette statue représentant l'Homme et sa Misère. Tu te voyais comme un « divertisseur » qui, à défaut de pouvoir changer le monde, s'était fixé pour mission d'apporter un peu de joie et de légèreté. J'avais une conception différente du métier d'artiste. Pour moi, la fonction première d'un film, d'un livre ou d'une chanson était de dénoncer les outrages et les injustices.*

*Dans mes rêves, tu n'as jamais le même âge. Tu es tantôt ce petit garçon frisé comme un mouton, tantôt cet adolescent au sourire facétieux et mélancolique, tantôt cet homme mûr fumant ses infects cigares de cocher et me parlant avec cette voix chaude et grave qui a fait se pâmer tant d'admirateurs. Nous parlions en américain et parfois en yiddish. Le ton montait vite, on s'embrouillait et, pour ne pas se fâcher, chacun rengainait son colt et nous faisions une partie de tavli. Tu poussais tes pions, je poussais les miens, et le vaincu s'en allait bouder dans son coin. Aujourd'hui tout cela me paraît si bête...*

*Le plus dur, c'est au réveil, quand tu t'évapores pour retourner Dieu sait où et que je me retrouve seul, avec mes souvenirs et mes douleurs de vieux monsieur dont tu n'auras, hélas, jamais à souffrir. Bien sûr, il y a Melina, tes sœurs, Ricky et Julie, ta mère Béa qui me téléphone chaque semaine, mais ce n'est pas pareil. Je n'ai eu qu'un garçon, et il me semble que je n'ai pas assez profité de toi. Ce qui me tourmente le plus, vois-tu, c'est que tu sois parti en pensant que je ne t'aimais pas...*

## 20 août 1981

Jules erre parmi les tombes du Hollywood Forever Cemetery de Los Angeles où, un an plus tôt, ses deux filles, Melina, un avocat, un rabbin et lui-même ont enterré Joe presque en catimini. Un an déjà. On vieillit vite quand on est mort. Terrassé par le chagrin, Jules n'a conservé de cette cérémonie qu'un souvenir sonore : celui de la pelletée de terre cinglant le cercueil d'acajou aux poignées d'argent.

Le voilà perdu dans un dédale de pierres tombales à la recherche du fil d'Ariane. Mais le cœur de Joe avait lâché et le fil s'était cassé d'un coup. En apprenant la nouvelle, Jules a senti fondre ses ailes de cire. Il s'est mis à chuter, une chute qui n'en finit plus.

Jules divague entre les tombes, cherchant l'allée qui mène à Joe. Il est redevenu le Juif errant qu'au fond il n'a jamais cessé d'être.

Il passe devant la sépulture de Rudolph Valentino, et les échos du Hollywood de ses débuts lui emplissent la tête. Au loin, au-delà des eucalyptus gommiers à l'écorce blanche, on peut apercevoir le mur d'enceinte des studios de la

Paramount Pictures où il a démarré. Retour à la case départ, sauf que plus rien n'existe de la féerie et de la frénésie de cette époque.

Le cimetière lui-même semble à l'abandon. Avant, on se serait battu pour y être enterré ; aujourd'hui, on se battrait presque pour reposer ailleurs tant tout part à vau-l'eau.

Jules n'avait pas eu le choix. Tout s'était fait dans la précipitation.

Jules remarque aussi la tombe de Christopher Quinn, le fils d'Anthony, héros de *Zorba le Grec* et de *La Strada*, qui n'avait vécu que deux ans. Impossible de ne pas songer à Joshua, l'enfant prématuré de Joe, dont le cœur s'est arrêté au bout de cinq jours seulement. Plus loin repose Edward G. Robinson junior, décédé d'une crise cardiaque en 1974 à l'âge de quarante et un ans, exactement comme Joe... Mais, à la différence de Joe, il est mort un an après son père, ce qui a épargné à celui-ci la douleur suprême de voir son fils disparaître.

Jules et Edward G. se connaissaient. Ils avaient failli travailler ensemble sur un scénario de Dalton Trumbo, l'un des « dix de Hollywood » qui avaient refusé de répondre à la question « Êtes-vous ou avez-vous été membre du Parti communiste des États-Unis d'Amérique ? ». En fait, ils étaient onze si l'on compte Bertolt Brecht, qui quitta définitivement les États-Unis quand débuta la chasse aux sorcières. Des onze, seul Edward Dmytryk se rétracta et put retravailler après avoir livré vingt-six noms, dont celui de Jules Dassin... C'était en 1948.

À l'évocation de cette période cauchemardesque, Jules est pris de vertige. Il s'assoit sur un banc, s'éponge le front. Juste après le décès de Joe, il a fait un accident vasculaire cérébral et en a gardé des séquelles.

À soixante-neuf ans, pourvu qu'il ménage sa monture, il peut espérer caracoler encore un peu. Et il comprend mieux aujourd'hui l'impatience de Joe, sa vivacité, sa rage d'y arriver car, au fond de lui-même, son fils savait qu'il devrait cravacher.

Une procession conduite par un rabbin lui indique qu'il est entré dans la section Beth Olam, la partie du cimetière réservée aux Juifs. Jules est sur la bonne voie et ne tarde d'ailleurs pas à retrouver la tombe qu'il cherchait. Des offrandes de fans anonymes parsèment la stèle de Joseph Ira Dassin : petits cailloux, objets fétiches, une fléchette, un verre de vin, une guimbarde, un médiator et une balle de golf.

Jules non plus n'est pas venu les mains vides. Il dépose au milieu des autres ex-voto un petit cerf-volant.

*— Qu'est-ce que tu fous là, papa ?*

*— J'ai retrouvé ça, je te le rends.*

*— J'aurais préféré mon accordéon.*

*— Quel accordéon ?*

*— Celui que tu m'avais offert l'année où j'ai eu la terrible révélation que le père Noël, c'était toi.*

*— Oui, tu avais quatre, cinq ans. En moins d'une semaine, tu avais appris à en jouer tout seul. Et ta mère avait dit : « Julius, je crois que notre fils est un génie »... Normal avec de tels parents !...*

*— Va-t'en, papa, il n'y a plus rien ici.*

L'ombre de Joe s'est évanouie. Un homme fou de chagrin qui parle tout seul dans sa tête, voilà ce que Jules est devenu.

Pour les parents, la mort d'un enfant est une nouvelle vie. Il faut s'habituer à l'absence, au silence.

Il observe les dates gravées sur la tombe :

5 NOVEMBRE 1938-20 AOÛT 1980

Nous avons deux vies, disait Fellini, une vie avec les yeux ouverts et une autre avec les yeux fermés...

Jules réalise qu'il ne pourra plus jamais fêter l'anniversaire de Joe. La seule date qui compte désormais est celle de sa mort.

*Ce drame, j'en fais quoi? Suis-je responsable? Ai-je été un mauvais père?*

Jules culpabilise car, en réalité, il avait eu le pressentiment que Joe finirait mal. Peut-être aurait-il dû davantage le surveiller, du moins au début, quand il avait encore son mot à dire. Au sortir de l'adolescence, il l'avait tenu dans son viseur de cinéaste, et un viseur ne trompe pas. Il pénètre au fond des âmes. Celle de Joe était opaque.

Un taxi dépose Jules à l'aéroport. Harry, son ami producteur, l'attend, inquiet de sa disparition. Tout à l'heure, au siège de la Paramount, Jules lui a faussé compagnie au beau milieu de la projection de *The Rose*. Cette histoire d'une rock star détruite par l'alcool et la célébrité, Jules ne la connaît que trop. Il n'a pas supporté d'y replonger, même au travers d'une fiction. Oui, cette Bette Midler n'est pas mal, mais il ne la voit pas du tout jouer Édith Piaf dans le biopic qu'on souhaiterait lui confier... Piaf, il l'a vue en live il y a quelques années, un récital inoubliable auquel l'avait convié son amie Françoise Sagan. Le choc a été si grand qu'ils sont retournés l'applaudir le lendemain soir. Comment un si petit bout de femme, qui tenait à peine sur ses jambes, pouvait-il produire de tels sons ? Rien que d'y songer, il en a encore le frisson. « Bette Midler n'est pas faite pour le rôle. Non, désolé, *old friend*, ce projet ne m'intéresse pas. »

L'avion a décollé, il a pris son rythme de croisière, les lumières de Los Angeles sont loin à présent et Jules pense qu'il ne remettra vraisemblablement plus jamais les pieds en Californie. Il a hâte de retrouver sa femme, hâte de rentrer en Grèce, qui est désormais sa patrie, hâte de replonger dans le combat politique qui le tient encore debout.

Une hôtesse passe dans les rangs pour voir si tout va bien. Ces messieurs désirent-ils un café, un jus de fruits, une coupe de champagne ?

Jules souhaiterait se rendre quelques minutes dans le cockpit pour griller une cigarette avec le commandant de bord. Il le fait à chaque vol. L'hôtesse est méfiante. Jules s'agace. Il est Jules Dassin, tout de même, plusieurs fois primé à Cannes et à la Mostra de Venise, le mari de Melina Mercouri. L'hôtesse lui demande s'il a un lien de parenté avec... Elle se penche à son oreille et se met à chantonner : « L'Amérique, l'Amérique... »

— C'était mon fils, dit Jules, les yeux rougis de larmes.

L'hôtesse compatit. Elle va voir ce qu'elle peut faire.

— Non, dit Jules, c'est inutile. Il faut que j'arrête le tabac.

Autour de lui, tout le monde dort. Le producteur a couvert ses yeux d'un masque noir. Pour meubler le voyage et tromper son addiction, Jules, qui n'a pas sommeil, essaie de se remémorer tous les 20 août vécus par Joe, comme on compte les moutons.

Il réfléchit à ce jour qui revient chaque année, destiné à devenir le jour de notre décès et sur lequel on passe sans y penser, une journée comme les autres, aussi vivante, remuante, terrestre que toutes les vingt-quatre heures pleines de bruit, de fureur, de joie et de tourments dont les échos se perdent dans la grande lessiveuse du temps. L'idée d'un documentaire sur Joe se met à germer dans la tête de Jules...

Il se tourne vers son ami producteur, le secoue.

— Harry, j'ai une meilleure idée que Piaf, je vais raconter la vie de Joe au cinéma.

— Il a vendu beaucoup d'albums ?

— Plusieurs millions. Il a tiré le jackpot avec *L'Été indien*...

— Ça me dit quelque chose... Pour être sincère, je connais mal les chanteurs français... à part Piaf, Maurice Chevalier, Yves Montand.

— Joe a fait carrière en France mais il est américain...

— OK. Fais-moi lire le script. Et on en reparle.

L'avion poursuit son vol dans la nuit.

Jules replonge dans ses souvenirs. Il entame sa propre recherche du temps perdu. La chambre capitonnée de liège de Marcel Proust s'est transformée en carlingue de Boeing 707 qui vous met la cervelle dans de l'ouate. Il sait qu'aucune mémoire ne peut retenir de façon exhaustive un jour précis, enfoui, compressé dans le fatras des dates, le fracas des ans. Il faudra jouer avec la parallaxe du souvenir. Ce sera elliptique, fragmentaire, subjectif, et salutaire. Après son accident vasculaire, les médecins lui ont conseillé des exercices mnémotechniques.

Jules surprend son reflet dans le hublot, et le visage de Joe se superpose au sien. Il a retrouvé son sourire espiègle.

*— C'est une très bonne idée, papa. Tu t'es occupé de mon éducation, je vais me charger de ta rééducation.*

## 20 août 1938

*Je me revois à 6 heures du matin, me lavant à l'évier de la cuisine, exercice que je recommande pour rester souple. Encore aujourd'hui, où que je sois, j'ai gardé cette habitude. Ma femme et moi partagions un deux-pièces avec un choucas apprivoisé et une colonie impressionnante de poissons d'argent. Côté ouest, la vue plongeait sur les escaliers extérieurs d'immeubles délabrés du Bronx. Plus tard, cet enchevêtrement de structures métalliques servirait de décor naturel à* La Cité sans voiles, *mon film le plus noir.*

Après sa toilette de contorsionniste, Jules buvait son café en feuilletant le journal. Ce jeune homme de vingt-six ans, blond aux yeux bleus, en pantalon de flanelle et en T-shirt moulant, d'allure sportive, avait déjà bien roulé sa bosse. Il s'était fait tout seul, d'abord dans la rue en exerçant divers petits boulots puis, à dix-sept ans, après qu'il eut quitté le nid, en voyageant en Europe pour nourrir son esprit et enrichir sa culture polyglotte. Pour l'heure, il faisait l'acteur-ouvreur-chaisier dans un théâtre yiddish populaire en alternance avec ses camarades Nicholas Ray, Joseph Losey, Elia Kazan, Edward Dmytryk, tous fils de déracinés comme lui.

Par la fenêtre entrouverte pénétrait une odeur lourde de pétrole et de graillon.

De temps à autre, le barrissement d'un transatlantique faisait vibrer les vitres du quartier. Des années plus tôt, le père de Jules avait débarqué de l'un de ces paquebots, avec ses galoches et son baluchon. Le grand-père de Jules fournissait les chanteurs de l'opéra de Kiev en fausses barbes, perruques et postiches. Il avait du sang noble, disait-on, un prince d'Ukraine dont la descendance chassée par les premiers pogroms allait grossir la cohorte d'expatriés qui ne cessaient de peupler New York. À Ellis Island, l'officier d'immigration avait demandé au père de Jules son nom et, ne comprenant que le mot « Odessa » dans le sabir du nouvel arrivant, il avait noté « Dassin » sur le registre. Bienvenue à New York, Samuel Dassin ! Tandis que ses compagnons de misère partaient tenter leur chance en Californie, illusoire eldorado, Samuel avait ouvert un *barbershop* pour les exilés d'Europe centrale, laissant la clientèle latine libre d'aller se faire tondre par la concurrence italienne.

Jules brancha la radio. Les tensions en Allemagne étaient encore montées d'un cran avec la dernière trouvaille d'Hitler : une carte d'identité particulière aux Juifs.

— Tu entends ça ? Ce type est fou à lier, et personne ne songe à l'interner ?

Béa venait d'apparaître, cheveux dénoués, avec son petit ventre rond. La chaleur humide l'empêchait de dormir. Et puis elle devait répéter son violon pour ne pas perdre la main. Elle avait promis à l'orchestre d'être présente au concert du

31 décembre, à la cathédrale russe. Jules enlaça et embrassa sa femme. Une grande complicité les unissait. Ils s'étaient rencontrés à la synagogue. Les Launer, parents de Béa, des Juifs austro-hongrois, fréquentaient la boutique de Samuel. Ils célébraient ensemble les fêtes du calendrier hébraïque qui débutent par des psaumes et finissent par des danses. Et comme, avec Jules, rien ne pouvait attendre, ils s'étaient mariés au bout de trois tours de piste.

— Encore quatre mois et tu seras papa.

— Mais c'est beaucoup trop long, quatre mois !

Ils avaient négocié les prénoms pied à pied. Jules avait choisi Joseph en mémoire de son grand-père et de Joseph Strauss (le roi de la polka), et Béa préférait Ira, en hommage au frère de George Gershwin, moins connu mais tout aussi génial, le créateur du livret de *Porgy and Bess*... Tous deux mélomanes, les jeunes mariés avaient monté un petit quatuor avec deux amis du théâtre yiddish. Jules passait d'une scène à une autre, d'un art à un autre avec une aisance déconcertante. Quand il ne brûlait pas les planches, ce bon à rien doué pour tout (selon sa propre expression) jouait du piano ou du violoncelle, puis passait au base-ball, et le dimanche il marchait dans New York entre le Bronx et Harlem, arpentait le quartier de son enfance jusqu'à la Cinquième Avenue qui l'avait toujours fait rêver. « Un jour, j'aurai ma suite au Waldorf-Astoria, plaisantait-il. Les palaces, je m'en fous, c'est juste pour montrer que rien n'est impossible. »

Béa égrena au violon quelques notes de la *Rhapsody in Blue*, faisant aussitôt réagir Joe, qui lui fila un bon coup de pied.

— Oh oh, on dirait qu'il t'entend...

— Tu parles qu'il m'entend !

Jules colla une oreille contre le ventre de sa femme.

— Ça résonne comme au Carnegie Hall là-dedans.

Leur petit bonhomme, à l'ouïe déjà si fine, captait le moindre cri de mouette, le trotte-menu des gros rats du quartier, le fracas des couvercles de poubelles, la ritournelle d'un petit cireur de godasses psalmodiant un vieux chant de planteur de cannes à sucre.

— Mais quand je sors dans la rue, dit Béa, les sirènes de pompier, d'ambulance, de police l'effraient. Je sens qu'il se recroqueville. C'est seulement lorsque je pénètre dans le square Sarah Rockefeller et que je déambule parmi les oiseleurs chinois et leurs cages à rossignols qu'il se remet à bouger.

Jules l'écoutait distraitement, préoccupé qu'il était par l'avenir de son théâtre d'agit-prop, l'ARTEF (Arbeter Teater Farband), très influencé par Bertolt Brecht. Ils avaient du mal à remplir la salle et tentaient de renflouer les caisses en projetant des films du jeune cinéma soviétique.

— Ce soir on passe *Le Cuirassé Potemkine*, il y a une scène de landau dévalant l'escalier d'Odessa à couper le souffle. Cet Eisenstein est vraiment un très grand artiste.

— C'est quoi, d'après toi, un grand artiste ?

— Quelqu'un qui contribue à améliorer le monde dans lequel il vit.

— Alors bientôt je n'aurai plus le droit de jouer Rachmaninov, qui a fui ton paradis des Soviets...

Vif comme l'éclair, Jules avait déjà rejoint la rue. Béa, qui se rapprocha de la fenêtre, le vit détaler, la casquette de travers, en agitant le bras en signe d'au revoir.

Alors elle reprit son violon et se remit à parler à son fils à l'aide de ses cordes et de son archet.

## 20 août 1939

*Une assemblée générale extraordinaire se tenait au siège de l'ARTEF, notre petit théâtre dirigé par Karmen Marmor et Yankev Mestel, deux hommes qui m'avaient formé à l'art dramatique et initié aux idées de Lénine. Recettes en baisse, loyers impayés, menace d'expulsion, sans compter les querelles intestines, les uns souhaitant un enracinement plus profond dans la tradition juive, les autres préférant rallier la révolution internationale : nous étions au bord du gouffre...*

Béa regardait l'horloge. Elle se demandait ce que fabriquait son mari, de moins en moins présent à la maison. Assis sur ses genoux, repu, joyeux, Joseph Ira, de la purée de carottes plein les lèvres, souriait aux anges. Attendrie, elle contempla ce merveilleux poupon de dix mois, portrait craché de Julius, avec ses bras et ses cuisses bien potelés et ses cheveux en forme de croches.

Plus tôt dans l'après-midi, ils étaient allés au musée et elle lui avait montré le petit âne de Chagall et le violoniste barbu en lévitation au-dessus des pauvres isbas enneigées. Quand il serait plus grand, ils iraient voir *Fiddler on the Roof* (*Un violon sur le toit*), d'après l'œuvre de leur compatriote Cholem Aleikhem.

Elle commença à chanter *Ah ! si j'étais riche*, le couplet le plus célèbre, puis s'arrêta, réfléchit et murmura à l'oreille de son fils qui battait des paupières : « Si on possédait un palais montant vers le ciel, tu crois qu'on serait plus heureux pour ça ? Quelques notes de musique suffisent à notre bonheur, *do ré mi fa sol*, la musique est la seule richesse qui compte, mon cœur, elle ne coûte rien et tout le monde peut la partager. »

Joe s'était endormi. Béa se leva et alla le coucher dans son petit lit à barreaux près du leur.

La porte claqua. Jules était dans tous ses états.

— Le mouvement s'est autodissous. Le théâtre va fermer ses portes.

— Alors tu as perdu ton gagne-pain ! Que vas-tu faire ?

Il y avait plus grave. L'avancée des troupes d'Hitler en Tchécoslovaquie accaparait les pensées de Jules.

— Le conflit risque de se propager à la terre entière. Un seul pays peut encore sauver le monde : l'URSS.

— Ne crie pas si fort, tu vas le réveiller.

— Réveiller qui ?

— Ton fils.

Il avait complètement oublié. Il s'approcha de Joe qui dormait à poings fermés et voulut le soulever. Le gosse se mit à pleurer.

— C'est malin !

Ne sachant pas trop quoi faire de ce marmot braillard, il le tendit à Béa, qui enraya vite la crise en fredonnant une berceuse.

Jules était désolé.

— Ce n'est pas parce que cet enfant nous est né que nous devons cesser d'exister.

— Nous est né ? Enfin, Jules, il n'est pas arrivé dans le bec d'une cigogne, cet enfant ; nous l'avons fait. D'ailleurs, il te ressemble déjà !

Jules fit une énorme grimace, provoquant l'hilarité de Joe.

— Je crois qu'il aura le sens de l'humour. Mais c'est curieux comme il nous regarde. J'ai l'impression qu'il louche.

— Il a juste un œil qui cherche à faire un bisou à l'autre.

# 20 août 1940

*Cet été-là, je l'avais passé dans les monts Catskill, à monter une pièce de Shakespeare avec ma bande de scouts. Puis j'avais regagné New York et je m'étais remis à écrire des pièces radiophoniques, autre extra qui m'aidait à faire bouillir la marmite. La vache enragée était toujours inscrite à mon menu. Je n'en sentais même plus le goût amer.*

Une cellule de crise se tenait au premier étage du *barbershop* paternel où toute la smala avait été convoquée.

À table, on entremêlait le russe, le polonais et le yiddish, car les parents de Jules n'avaient jamais fait l'effort d'apprendre la langue de leur pays d'accueil. En revanche, leurs huit enfants étaient parfaitement américanisés et maniaient l'argot du Bronx.

La famille continuait à célébrer les fêtes juives, qui rassemblaient petits et grands. Après la synagogue, c'était le banquet traditionnel, les agapes que la mère de Jules avait passé la matinée à préparer. Les plats variaient selon les saisons : des grenades, des jujubes, des pommettes dorées pour

Roch Hachana, des poulets pour Kippour (l'un des frères de Jules avait reçu la médaille du meilleur plumeur de volailles du Bronx), des cédrats, des branches de saule et de myrte pour Souccot, et pour Pessah, des brochettes d'agneau et des salades romaines. Symbole de la misère des Juifs avant l'exode, la romaine était servie avec du harosset – délicieuse pâte de fruits parfumée à la fleur d'oranger. Chez les Dassin d'Odessa, on ne plaisantait pas avec le rite. Les hommes s'arrangeaient pour arriver à sec, autrement dit à jeun, et, s'ils prenaient certaines libertés avec la Torah – comme de saucissonner en cachette –, ils veillaient à ce que les plus jeunes poussent droit.

Oncles et tantes fumaient comme des sapeurs. Au milieu de cette tabagie traversée d'éclats de voix rugueuses et sensuelles, de rires gutturaux, de toux rauques, le petit Joe, du haut de ses presque deux ans, ânonnait une prière en hébreu apprise par cœur. Et chacun de s'extasier sur l'extraordinaire capacité de ce bambin à mémoriser et reproduire ce qu'il entendait.

Sans être particulièrement croyants, Jules et Béa restaient très attachés à ces traditions qui permettaient de maintenir l'unité de leur si fragile communauté. Cela ne les empêchait pas de célébrer Noël, un Noël russo-américain, où Jules donnait libre cours à son génie de la mise en scène en singeant Santa Claus affublé d'une fausse barbe ayant appartenu à l'ancêtre perruquier. Mais cela n'avait rien à voir avec la religion.

Le conseil de famille devait statuer sur la conduite à tenir en ces temps agités. Un an plus tôt, Jules et d'autres membres de la fratrie avaient rendu leur carte du Parti communiste après la signature du pacte germano-soviétique. La découverte que Staline et Hitler (rouge bonnet et bonnet noir) semblaient désormais œuvrer ensemble à l'extermination de la race juive les avait littéralement suffoqués. La guerre venait de changer d'âme. Le pas de l'oie l'emportait sur le charleston, ils ne savaient plus sur quel pied danser. Et d'abord qui étaient-ils ? De purs Américains, simples observateurs d'un lointain conflit aux enjeux encore flous ? Des hommes et des femmes liés à l'Europe par leurs racines et donc voués à se battre aux côtés de leurs frères et sœurs de Crimée ? Ou bien des enfants d'Abraham purement et simplement menacés de génocide ? Jules, le seul à avoir voyagé outre-Atlantique, aurait bien aimé s'engager dans le corps des volontaires mais, réformé pour raisons de santé, il n'avait pas pu faire son service militaire. Un souffle au cœur. « Fadaises ! Je suis solide comme une enclume, on ferait des clous avec ma carcasse ! » En grand lecteur de Molière, Jules considérait tous les médecins comme des charlatans. Béa se taisait. Enceinte de leur deuxième enfant, elle n'était pas mécontente que son mari reste au foyer.

Heureusement, une bonne nouvelle avait rendu le sourire à Jules.

Son adaptation pour la radio du *Manteau* de Gogol lui avait valu d'être remarqué par la RKO.

— C'est quoi, la RKO ? demanda Béa.

— La plus petite des grandes sociétés de production de Hollywood... On me propose un stage de six mois, logé et payé, pour apprendre le métier de réalisateur. En plus,

Hollywood soutient l'effort de guerre en produisant des films de propagande antinazie. J'aurai au moins le sentiment de servir à quelque chose...

À cet instant, une dispute venait d'éclater entre ses parents, sa mère ayant découvert que son époux la trompait avec une danseuse de Broadway.

— Sois maudit, Samuel Dassin ! Va rejoindre ta traînée et ne refous plus jamais les pieds chez moi.

— Mais chez toi, c'est aussi chez moi !

— Dehors, ou je t'étrangle !

## 20 août 1941

*Nous n'habitions plus New York mais Los Angeles, une maison avenue Bronson, juste en face de Watts, le quartier noir qui à l'époque ne s'appelait pas encore un ghetto. Quand on a toujours vécu dans de minuscules appartements, ce n'est pas évident d'apprendre à se déplacer dans plusieurs pièces, de dormir dans des chambres différentes, de manger autour d'une grande table et de disposer de deux salles de bains. Nous n'étions plus trois, mais quatre. Je te revois haut comme trois pommes, sous un parasol, esquissant une danse de Sioux autour du berceau de ta petite sœur Ricky. Car nous avions aussi un jardin rempli de fleurs et d'oiseaux, des tortues d'eau douce qui se desséchaient sous le soleil de Californie et un hamster tournant dans sa roue.*

*Los Angeles est une sorte d'immense banlieue, mais j'avais la chance de travailler à deux pas, dans les vastes hangars abritant les plateaux de tournage de Hollywood.*

*Un chauffeur venait me chercher le matin et me ramenait le soir à l'heure où l'on arrosait les pelouses. Les autres papas allaient au bureau; moi, j'allais au studio, et ça t'intriguait beaucoup.*

*— Tu fais quoi comme travail, papa ?*
*— J'aide Hitch.*
*— C'est qui ?*

Comme chaque jour, Jules déjeunait à la cantine du studio avec Alfred Hitchcock dont il était l'assistant. C'était incroyable ce que cet homme pouvait engloutir. Et comme il parlait en mangeant, Jules était doublement impressionné par ce Gargantua de la pellicule. Jules avait vu *Les 39 Marches*, le plus beau film de la période anglaise de Hitchcock selon lui, et il vouait une vénération sans bornes au maître du suspense.

— Vous avez lu *Rebecca*, de Daphné du Maurier ? lui demanda Hitch.

— Non.

— Vous devriez !

Hitch dessina sur la nappe en papier un croquis du château de Manderley, le décor principal de son prochain film produit par David O. Selznick.

— C'est l'histoire d'un amour naissant contrarié par un amour mort.

— Et ce sera un film qui fait peur ?

— Si je n'ai pas perdu la main... Je me demande si j'ai eu raison de quitter l'Angleterre. Vous savez que Selznick m'a fait venir pour tourner le *Titanic* ? Et puis le projet est tombé à l'eau...

Dans l'après-midi, le tournage de *Joies matrimoniales* reprit par une chaleur accablante, obligeant Jules à tenir en permanence une ombrelle noire au-dessus du crâne dégarni de son mentor.

Carole Lombard agitait un éventail et s'étonnait de n'avoir plus rien à dire avant la scène du baiser.

Elle en riait elle-même... Si ce n'est à embrasser, à quoi pouvait bien servir la bouche d'une jolie femme ?

— Enfin une actrice qui comprend tout sans qu'on lui explique, se réjouissait Hitch. Elle me plaît bien, cette petite Carole, confia-t-il à Jules. Pas étonnant que Clark Gable en soit tombé raide.

Après chaque prise, il se tournait vers son timide apprenti et lui lançait : « Est-ce bon pour vous, Dassin ? »

La journée finie, Hitch, cigare aux lèvres, repartait dans sa villa de Bel Air non sans avoir gratifié son jeune protégé d'une dernière pirouette.

— Ne tournez jamais avec des enfants, ni des animaux, ni Charles Laughton... Je vous souhaite le bonsoir.

En sortant du travail, Jules retrouvait Béa, qui travaillait dans un autre bloc, au Recording Music Studio, où l'on enregistrait les musiques de film.

Ils rentraient ensemble et, pendant tout le trajet à longer des villas et des propriétés plus somptueuses les unes que les autres, Jules ne tarissait pas d'éloges sur Hitch.

— Ce type est vraiment génial. Sa technique est impressionnante. Après tout, il pourrait se contenter de décliner sa grammaire. Eh bien, non, il ne cesse d'inventer des règles nouvelles, des angles inédits, des mouvements de caméra d'une audace folle. Et quel scénariste ! Certes, il n'écrit pas lui-même mais il trouve toujours la scène-clé autour de laquelle l'histoire doit s'articuler. Dans son film précédent, il est parti de l'idée que les ailes d'un moulin tout à coup se mettaient à tourner dans l'autre sens.

— Et tes ailes à toi, elles tournent comment ? Cela fait six mois que tu fais le larbin. Quand va-t-on te confier un film ?

— Je voulais justement t'en parler. Mon stage touche à sa fin et la RKO ne veut pas aller plus loin...

— Tu veux dire qu'ils te fichent à la porte ?

— Hitch manigance pour m'introduire à la MGM. Il a parlé au chef du studio et on me propose de faire un premier court-métrage d'après une nouvelle d'Edgar Poe. Si c'est bon, on m'offrira un contrat.

— Et si c'est pas bon ?

— On verra. Glenn Miller et son orchestre animent une soirée sur Sunset Boulevard... Si on allait danser ?

— Et tes enfants ?

— Préviens la nounou !

Dans son lit, Joe guettait le retour de ses parents. Il espérait que le dimanche suivant ils retourneraient à la plage de Santa Monica pour jouer avec son cerf-volant. Sa mère lui avait appris à lire la musique en observant les oiseaux perchés sur les lignes télégraphiques comme des notes sur une portée. Elle lui avait raconté qu'il y avait quelque part un endroit où toutes les chansons existent et que les oiseaux connaissaient ce lieu magique. Il suffisait de les observer, parfois de les écouter pour avoir une minuscule idée de ce que contenait ce grand auditorium céleste.

## 20 août 1942

Les années ont tendance à se chevaucher dans la tête de Jules naviguant entre ciel et terre, le monde des esprits et celui des mortels. Seule certitude : à l'aube des années 1940, il turbine pour l'usine à rêves comme Charlot le mécano boulonne dans *Les Temps modernes*.

*Après un premier essai probant, la MGM m'avait mis sous contrat pour sept films... Mon adaptation avant-gardiste d'Edgar Poe était pourtant très mauvaise, un désastre... mais le public s'était régalé, et le public a toujours raison. Je remerciai Hitch pour son soutien. Il me souhaita bonne chance avant de s'atteler à* Rebecca, *son premier chef-d'œuvre américain...*

Le 20 août 1942 aurait pu sonner le glas d'une carrière à peine démarrée. Joseph Mankiewicz avait insisté pour que Jules mette en scène à sa place *Mademoiselle France*, une importante production avec pour vedette Joan Crawford, la grande star de l'époque.

Dans le salon, Joe et Ricky s'amusaient avec leur théâtre de marionnettes lorsqu'ils virent leur père rentrer beaucoup plus tôt que d'habitude. Il traversa la pièce sans les embrasser et rejoignit Béa, qui préparait du pop-corn dans la cuisine.

— Je suis grillé ! annonça-t-il. Tout cela pour un mot, un simple petit mot qu'il est strictement interdit de prononcer en présence de Mlle Crawford !

— Quel mot ?

— Elle commence la scène, ça ne va pas, alors je dis « Coupez » et là tout se fige dans un silence glacial. Elle s'approche et elle me toise : « C'était pas bien ? » Et sans attendre ma réponse, elle quitte le plateau.

Dix minutes plus tard, Jules avait été convoqué par Louis B. Mayer, le tyrannique patron de la firme au lion : « Jeune homme, Joan Crawford n'est pas Marie-Antoinette et vous n'êtes pas Robespierre. Hors de ma vue, sale rouge ! »

— Qu'est-ce que tu vas faire ?

— Rien. Parce qu'à leurs yeux je ne suis rien.

La sonnerie du téléphone les interrompit. Béa décrocha. La conversation dura trente secondes.

— C'était elle.

— Elle qui ?

— Crawford. Elle t'envoie son chauffeur.

— Ah ! non, ça suffit, tout ce cirque. J'arrête !

— Obéis, Jules Dassin, tu as trois bouches à nourrir !

Jules se remémore parfaitement la faramineuse demeure de Joan Crawford à Brentwood, dix chambres, six salles de bains avec robinetterie en or, vestiges des fastes du

Hollywood de l'âge d'or, celui qu'il était trop jeune pour avoir connu, avant le krach boursier de 1929 et l'avènement du cinéma parlant.

Il fut accueilli par trois charmants petits Asiatiques portant guêtres, souliers vernis et gants blancs, les enfants adoptés de la star qui échangèrent avec lui de rapides courbettes, puis un majordome conduisit « Robespierre » sur une terrasse et le laissa planté au bord de la piscine en marbre. Au bout d'un bon quart d'heure, la diva fit son apparition en maillot de bain, cheveux dénoués.

— Pourquoi tu m'as dit « Coupez » ?

— Parce que je n'ai pas trouvé la scène réussie !

— Tu me trouves surtout mauvaise actrice.

— Non, au contraire, vous êtes une très bonne actrice.

— Alors, qu'est-ce qui ne va pas ?

— Quand vous êtes dans le personnage, vous me plaisez beaucoup. En revanche, quand vous faites votre grande *lady*, ça sonne faux...

— C'est vrai, je fais ça ?

— Oui !

— Bon, on va essayer encore une fois demain, mais à une condition : tu ne dis jamais plus « Coupez ».

— Et si je ne suis pas satisfait ?

— Tu fais un petit geste, je comprendrai.

— Quel petit geste ?

— Tu t'éponges le front, délicatement...

— D'accord. Mais Mayer ?

— Quoi, Mayer ?

— C'est que... il m'a viré.

— C'est moi qui décide. À demain !

Crawford était une extraordinaire bête de cinéma. Le lendemain, tout se déroula comme par magie. À la première prise, Jules se tamponna le front avec son mouchoir et sa vedette, qui lui tournait pourtant le dos, corrigea aussitôt le tir comme si des yeux lui avaient poussé derrière la tête. Emporté par son enthousiasme, Jules lui proposa de profiter de la merveilleuse lumière du soir pour tourner le dernier plan au pied d'un magnolia.

Le voilà à nouveau convoqué par Mayer.

— Dassin, le monde entier paie pour venir voir Joan Crawford, tu sais ça ?

— Bien sûr !

— Alors pourquoi diable tu la filmes sous un arbre avec cette putain d'ombre qui lui bouffe la moitié du visage ?

## 20 août 1943

*Même si jusque-là, à L.A., la Seconde Guerre mondiale était perçue comme une chose lointaine, nous en subissions les effets. Le rationnement existait bel et bien. Béa avait stocké quelques kilos de savon et des files se formaient devant les abattoirs pour faire provision de graisse alimentaire. Conséquence de la pénurie d'essence et de pneus, j'allais au studio à pied. Ce jour-là, je t'avais permis de m'accompagner. Des ballons d'observation avaient été installés au-dessus de la ville pour prévenir une attaque de pilotes kamikazes japonais et tu me racontas qu'à l'école on t'avait dit que c'était pour nous protéger d'une invasion d'extraterrestres.*

Du père ou du fils, impossible de dire qui était le plus fier de parader au bras de l'autre. À l'issue de la journée de tournage à laquelle il avait sagement assisté, Joe ne s'était pas fait prier pour jouer du banjo, et toute l'équipe avait applaudi à son numéro de singe savant. Louis B. Mayer en personne n'avait pas tari d'éloges sur ce Shirley Temple au masculin.

Il fallait voir ce comédien de cinq ans s'emparer du porte-voix et crier « Action ! », ce mot magique qui transforme les citrouilles en carrosses.

En admirant le cabotinage de son fils, Jules se rappelait ses premiers pas sur les planches du théâtre yiddish. Il savait combien il était compliqué de tenir la scène. C'était tout un apprentissage, seuls les meilleurs y parvenaient au prix de longues années de travail acharné. Jules ne se considérait pas comme un bon acteur. En revanche, il savait dire aux autres où se placer et comment jouer avec les éclairages. En un coup d'œil, il repérait tout ce qui n'allait pas sur un plateau et n'était pas long à sortir de sa manche une solution. N'ayant pas encore eu le temps d'enseigner le métier à son fils, Jules était impressionné par le « sens de la scène » que Joe semblait posséder de manière innée. Il savait d'instinct où se placer et comment se tenir, il avait la maîtrise de l'espace. C'était géométriquement parfait.

Depuis son plus jeune âge, Joe avait vu ses parents en représentation. Sa mère donnait des concerts, et Joe voyait son père, dès qu'il s'installait pour lui lire une histoire, s'animer, changer de voix et de visage, jouer tous les rôles. Joe baignait dans le spectacle. C'était son placenta.

Son petit numéro avait marché. On l'avait applaudi. Joe avait salué.

Et, puisque tout travail mérite salaire, il avait reçu des mains de son père une pièce de 25 *cents* qu'il garderait toute sa vie comme une amulette.

Ce 20 août-là avait été un grand jour pour Jules et Joe. Pour Joe, c'était décidé : plus tard, il suivrait le chemin de papa. Pour Jules, la performance de Joe lui mettait du baume au cœur à un moment où il subissait la dure loi du star-system. Entre farces ou mélos tournés à la va-vite et courts-métrages commandés par l'armée américaine pour alerter les troupes engagées en Europe sur les ravages de la syphilis, il désespérait de se faire un nom.

## 20 août 1944

Jules et toute la famille s'étaient rendus à Cornwall, le ranch de Hitchcock situé à la sortie du petit bourg de Scott Valley, dans les monts Santa Cruz, à 70 miles au nord de Los Angeles.

*Des étables, des stalles, des greniers à foin offraient un terrain de jeu idéal pour un gamin de bientôt six ans à l'imagination florissante.*

*Recouvert d'un drap blanc dans lequel tu avais percé deux trous pour les yeux, tu poursuivais ta petite sœur Ricky en hululant.*

*— Ouhou, c'est moi, le fantôme du centre-ville...*

Les hurlements paniqués de la fillette avaient fait dresser l'oreille au maître du logis.

— Ce sont vos enfants qu'on égorge ?

— Pardonnez-leur, dit Béa. Ils sont petits.

— J'adore entendre hurler les petits enfants... Tenez, je vais les enregistrer pour mon prochain film.

Jules reprit le fil de leur conversation, se plaignant du

traitement qu'on lui faisait subir à Hollywood. Hitch l'écoutait, mains croisées sur le bedon, visage de cire.

— Je vous avais pourtant dit de ne jamais tourner avec Charles Laughton.

— Ils m'ont proposé de remettre au goût du jour la célèbre nouvelle d'Oscar Wilde, *Le Fantôme de Canterville*. Le fantôme de sir Simon voit son château envahi par une division de rangers - enfin, la grosse cavalerie. Scénario indigent écrit à la truelle, le pauvre Oscar doit se retourner dans sa tombe. Alors j'ai proposé d'apporter quelques retouches. Ils ont préféré engager Norman Z. McLeod, vous voyez qui c'est ?

— Parfaitement. Je parie qu'il s'est fait porter pâle, comme chaque fois qu'on lui refile un mistigri...

— Pusique je ne pouvais pas intervenir sur le script, je leur ai demandé d'annuler mon contrat.

— Et ils ont refusé !

— Je crois que je vais déclarer forfait, de toute façon je n'arrive plus à trouver un sens à mon travail. Cette frivolité qui règne à Hollywood alors que la guerre fait rage en Europe me choque. J'aurais voulu aller sur le front au moins pour témoigner, caméra sur l'épaule, comme John Ford ou Frank Capra, mais ils m'ont cantonné à l'arrière pour un prétendu problème cardiaque alors que j'ai de l'énergie à revendre...

— Vous avez aussi une famille, Dassin. Le glorieux combat quotidien pour gagner sa graine et celle de ses bambins.

— Un homme comme moi ne peut s'en satisfaire.

— Soyez patient. Londres a tenu. Vos troupes ont débarqué en Normandie et les Russes progressent sur le front de l'Est. Hitler et Mussolini finiront en pièces de boucherie, exposés aux crachats de la foule. Ainsi meurent tous les dictateurs.

— Peut-être. Et nous, qu'est-ce qu'on peut faire ?

— Notre travail est de témoigner à travers des fictions et des documentaires. Montrer la folie des hommes est une tâche honorable.

À cet instant, lancé dans sa course, Joe vint buter contre Hitchcock, qui lui arracha son déguisement et le tança en agitant l'index.

— Sais-tu ce qui arrive aux garnements de ton espèce qui font peur aux petites filles ? On les met en prison.

Terrifié, Joe observait ce type bizarre à la lippe hautaine et au regard mauvais.

— Et puis, un fantôme ne fait pas « Ouhou »… Il fait… « BOUH » !

Sur le chemin du retour, Joe déclara qu'il détestait Hitch, que c'était un sale bonhomme. Jules hasarda une explication :

— Quand il avait ton âge, son père l'a fait enfermer une nuit à la prison voisine pour une faute qu'il n'avait pas commise. Il ne l'a toujours pas digéré.

— Je m'en fiche, dit Joe. Il est gros et méchant.

— On ne parle pas comme ça, Joseph Ira.

— Papa, pourquoi tu veux aller te battre ?

— Pour que tu puisses continuer à t'amuser librement.

## 20 août 1945

*Ce matin-là, nous avions eu une grande discussion à propos d'une nouvelle entendue à la radio. Pourquoi un bombardier américain avait-il largué un petit garçon au-dessus de la mer du Japon ? Je t'avais expliqué que Little Boy était le nom d'une bombe lancée sur Hiroshima pour mettre fin à la guerre qui ravageait le monde.*

*— Mais cette bombe, papa, elle a aussi tué beaucoup de gens ?*

Esquivant la question, Jules retourna à son propre combat, qu'il était loin d'avoir gagné. Au terme d'un bras de fer qui durait depuis un an et un mois, Mayer l'avait convoqué à 10 heures dans son grand bureau en présence de tout son état-major.

Treize mois plus tôt, sentant qu'il ne pouvait plus fonctionner dans ce système, Jules avait demandé, malgré les mises en garde de Hitch, qu'on le libère de ses chaînes d'esclave sous-payé qui n'avait le droit d'intervenir ni sur le scénario ni sur le montage. Mayer avait dit non, à cause d'une petite comédie sur les super riches qui n'avait pas mal fonctionné.

Les réalisateurs comme Dassin qui savaient mettre en scène les travers des grosses légumes étaient rares.

— Je te garde même si tu me casses les pieds !

Jules avait répondu qu'il ne toucherait plus jamais à une caméra. Mayer s'était esclaffé :

— Tu me prends pour une truffe ! Dès que je te relâcherai, tu iras signer pour un autre studio parce que tu n'es pas seulement une tête de lard, tu es aussi un sacré trou du cul.

— Écoutez, patron, si vous me libérez, je m'engage sur l'honneur à retourner à New York pour me consacrer uniquement au théâtre, qui est ma vraie famille. Ça vous va comme ça ?

— Certainement pas, avait persisté Mayer, je ne te libère pas.

Alors Jules avait entamé une petite grève personnelle.

*Tu te rappelles, Joe, ta sœur Julie venait de naître et nous étions tous partis au bord de la mer, une façon d'oublier cette histoire de champignon atomique qui nous empoisonnait l'esprit. On jouait aux boules, aux fléchettes, au cerf-volant. On faisait des jeux de piste et des concours de hot dogs. Je vous lisais les contes de Dickens et, quand vous vous endormiez enfin, je me plongeais dans les grands classiques que je n'avais pas eu le temps de lire. Oh ! délices de ces nuits passées avec Dostoïevski, Kafka, Proust, Melville... Béa nous rejoignait entre deux concerts. Nous n'avions jamais été aussi heureux.*

Seulement, Mayer, ce fumier, ne lâchait pas sa proie. Chaque semaine, il envoyait au « gréviste » un chèque correspondant au salaire d'un réalisateur en tournage. Et puis soudain, plus de chèque. Jules tenta bien de se faire embaucher ailleurs mais, grâce aux manigances de Mayer, on lui avait collé une telle étiquette d'artiste caractériel que personne ne voulait de lui. Force lui fut de céder... « C'est bon, patron, je rentre. Confiez-moi un film, n'importe lequel ! »

C'est ainsi qu'en ce beau matin d'août 1945, Mayer, Louis B. Mayer, B comme Belzebuth, accueillit l'enfant prodigue à bras ouverts.

— Bravo, Dassin. Viens avec moi...

Et de l'entraîner dans son bureau, qu'il faut se représenter comme un immense amphithéâtre, rempli à cette occasion de son staff au grand complet : chefs de studio, producteurs... Et là, devant cet aréopage, Mayer se mit à marcher théâtralement de long en large tout en s'adressant à Jules :

— Dassin, tu connais mon cheval General Custer ?

Mayer possédait la meilleure écurie de course de Californie.

— Oui, bien sûr, c'est un grand champion.

— J'ai acquis ce cheval tout jeune pour 50 000 dollars, alors que les éleveurs me disaient que c'était une erreur, il était fêlé, ce bourricot, et il ne gagnerait jamais rien. Moi, j'étais prêt à miser dessus. Je l'ai donc acheté et, quand il a eu deux ans, je l'ai fait courir six fois, et six fois il a gagné. Bien. L'année suivante, je l'inscris au prestigieux Derby du Kentucky. On commence les courses préparatoires. Première course : Custer passe le dernier virage en tête et puis, soudain, il s'arrête net et file à l'écurie. Deuxième course, même manège. Troisième course, idem. Sur le point de gagner, il prend la poudre d'escampette. Je suis très déçu et je décide de le laisser réfléchir treize mois à la ferme. Tu m'écoutes, Dassin ? Les semaines passent, mon Custer se la coule douce dans un pré, puis un beau matin mon entraîneur vient me trouver et me dit : « Monsieur Mayer, je crois avoir découvert ce qui ne va pas avec General Custer. C'est un fantastique cheval mais il a des testicules énormes. Et ça lui fait mal quand il court trop longtemps. » Alors, Dassin, Je lui ai fait couper les testicules et depuis, plus de problème... Cet eunuque me rapporte plein de dollars.

Un grand silence se fit dans l'amphithéâtre. Après avoir savouré l'effet de son prélude, Mayer pria Jules de reprendre illico presto le chemin des plateaux.

— Monsieur Mayer, regardez-moi bien, vous pensez vraiment que je n'aurais pas les couilles de vous quitter ?

*Le soir à table, tu m'annonças fièrement que toi aussi, tu faisais la grève, la grève des anniversaires, pour protester contre le fait que ton meilleur copain, le fils de notre nounou noire, n'avait pas été invité à une fête...*

*— C'est bien, mon grand, c'est bien...*

*Je t'écoutais à peine.*

*Qu'allions-nous devenir ? J'avais essayé bien naïvement de défendre des idéaux humanistes à Hollywood et, sur un coup de sang, victime de mon terrible orgueil, je venais de tout bousiller...*

## 20 août 1946

*Comme souvent dans ce métier, il avait suffi d'une rencontre pour que les signaux repassent au vert. Peu de temps après que j'avais claqué la porte de la MGM, un coup de fil providentiel du producteur et scénariste Mark Hellinger m'avait remis en selle. Hellinger avait un projet à me confier pour les studios Universal.*

— Je vous envoie le script écrit par Richard Brooks. Jetez-y un œil, et nous en parlerons tranquillement autour d'un verre.

C'était nouveau, ça. D'ordinaire, on ne prenait pas la peine de faire lire à Jules les histoires qu'il était chargé de mettre en boîte. Trois semaines plus tard, Hellinger le recevait dans sa propriété de plusieurs hectares sur les hauteurs de L.A., où il séjournait une partie de l'année avec Gladys Glad, ancienne *showgirl* des Ziegfeld Follies, doublement sa femme puisqu'il l'avait épousée deux fois. D'abord journaliste vedette au *Daily News*, spécialiste de la mafia new-yorkaise et très introduit dans les milieux de la boxe et du music-hall, ce brillant quadragénaire s'était lancé dans le cinéma avec maestria en écrivant des scénarios pour Humphrey Bogart puis en produisant *Les Tueurs*, de Robert Siodmak, l'un des joyaux du film noir, avec Burt Lancaster qui y faisait ses débuts. Hellinger, qui possédait à présent sa propre unité de production chez Universal, pouvait choisir ses metteurs en scène.

— Bourbon ou cognac ?

— La même chose que vous.

— Le cognac est mon poison favori… C'est Hitchcock qui m'a parlé de vous, Dassin. Il m'a raconté vos exploits.

— Que devient-il ?

— Le producteur Sidney Bernstein lui a commandé un documentaire sur les atrocités nazies supposé être monté à partir de séquences filmées dans le camp de Bergen-Belsen par des soldats britanniques et soviétiques. Après avoir visionné les images, Hitch a posé un congé maladie d'une semaine. Puis il s'est résolu à montrer l'insoutenable. Ayant pris connaissance du travail accompli, Bernstein a décidé d'enterrer bien profond les bobines pour ne pas nuire à la paix encore fragile…

— Bergen-Belsen, le seul film de Hitchcock qui terrifie Hitchcock !

— Revenons à nos moutons, ou plutôt à nos matons. Vous avez lu le scénario que je vous ai envoyé ?

— Oui. Si tous ces taulards sont des petits saints, alors qu'est-ce qu'ils fichent en taule ? Quant aux dialogues, on se croirait dans *Diamants sur canapé*.

— Vous connaissez l'univers carcéral ?

— Non, mais si je devais tourner ce film, je commencerais par me faire incarcérer pour être au plus proche de la vérité des personnages.

— OK. Je peux vous arranger ça. Je suis en contact avec le directeur du pénitencier de San Quentin.

Aussitôt dit, aussitôt fait. Jules avait été placé dix jours en cellule, avec de vrais taulards auxquels il s'était bien gardé de révéler la véritable raison de son séjour derrière les barreaux. Officiellement, il s'était fait pincer pour trafic de cigarettes. Jules n'avait pas été déçu du voyage et, ce 20 août 1946, il retrouva Mark au Cassidy, à 17 heures, pour lui livrer ses impressions à chaud.

— Deux cognacs, proposa Mark sans consulter Jules. Alors, comment était la tambouille ?

— Infecte.

— Et l'ambiance générale ?

— Grouillante. Cinq par cellule, des punaises partout, l'odeur des latrines bouchées, et jamais un instant de calme, des cris, des râles, des prières, des chuchotements et, pire que tout, le rire de ceux qui deviennent fous...

— Très bien.

— Une mention spéciale au gardien en chef, un nazi de première. Il tabassait les gars sur la musique de Wagner en mettant le volume à fond, très certainement un pédéraste qui avait fait passer son pénis dans sa matraque. Je veux absolument m'en inspirer pour le personnage de Munsey. Il faudra tourner la séquence de tabassage comme une scène d'amour : terrifiante, érotique...

— On va essayer de passer à travers les mailles de la censure.

— Pour moi, l'idée est d'insuffler à cette fiction la force du documentaire, mais le film ne doit pas se résumer à un simple témoignage sur les conditions de vie des taulards.

*Revoir New York me faisait un bien fou...*

*Que c'était bon d'entendre à nouveau la rumeur de cette ville, de marcher sous la pluie dans Central Park, de fumer au bord de l'Hudson face à Ellis Island ! Je comprenais mieux pourquoi la statue de la Liberté faisait tant rêver. La liberté, il n'y avait rien de plus important. Tant de gens en étaient privés... Tant d'autres étaient morts en son nom. Être passé des villas de rêve de Bel Air à l'horreur des cachots, avoir pu partager pour quelques jours la vie de détenus me rendait plus chère encore cette bouffée d'air pur.*

*En fin de journée, je poussai la porte du* barbershop. *L'auteur de mes jours me reçut comme un client ordinaire et me désigna le fauteuil devant le miroir.*

On entendait seulement le bourdonnement sourd des pales du ventilateur et le crissement du coupe-chou paternel dont les mouvements habiles rendaient aux joues de Jules l'éclat et la douceur d'une peau de bébé. Le vieux n'avait jamais été très bavard et, Jules étant d'un naturel pudique, l'un et l'autre avaient appris à se contenter de cet échange minimal.

Aucun risque que Samuel l'interrogeât sur cette barbe de bagnard que Jules était venu lui demander de raser. Qu'aurait-il pu lui répondre ? Qu'il venait de passer huit jours dans l'une des pires prisons de Californie ? Samuel se serait affolé, il aurait pensé que son rejeton, dont il était sans nouvelles depuis longtemps, avait mal tourné, et peut-être aurait-il ressorti son martinet...

S'abandonnant totalement aux mains du barbier, Jules ferma les yeux. Il sentait le souffle de son père sur sa nuque et se laissa griser par son odeur de tabac brun et de vétiver.

Sam lui tapota les joues avec une serviette humide et chaude, et ce fut fini.

Jules se leva, se sentant plus léger. Il croisa le regard de son père.

— Un ami m'a offert des billets, on pourrait aller au catch un de ces soirs...

— Si tu veux.

Ni baiser ni caresse, mais un simple hochement de tête, et la porte à clochette se referma sur Jules.

## 20 août 1947

— « Daddy il est où ? Daddy il fait quoi ? Quand est-ce qu'on le voit ? » Je leur réponds quoi, à tes enfants, Jules ?

— Dis-leur que j'arrive. Je boucle mes repérages et je m'envole pour Los Angeles.

— Ils vont être si contents ! J'ai beaucoup de mal à les tenir, tu sais. Ils te réclament tout le temps. Surtout Joe. Hier, il s'est blessé en jouant avec Ricky. Il a reçu une fléchette sur la tempe. D'après les médecins, ça ne va pas arranger sa coquetterie dans l'œil, sujet de tant de railleries à l'école, où il se fait chahuter et insulter...

*Tu m'as souvent reproché de ne pas être assez présent. Comment crois-tu que ton grand-père veillait sur sa progéniture ? Il avait contribué à nous mettre au monde et ensuite, démerdez-vous. C'est mieux ainsi, finalement. L'affection, on n'est pas obligé de la montrer. On peut très bien s'aimer sans se le dire. Enfin, c'est comme ça qu'on m'avait élevé.*

*En Amérique, un père ne s'épanche pas. Un père américain encaisse et retourne bosser. C'est le tribut qu'il doit verser à sa famille. J'avais réussi à redresser le manche, non ? Alors qu'on me laisse faire mon métier et qu'on profite bien du grand jardin, du cochon d'Inde et des lapins blancs...*

Comme après chaque coup de fil, Jules traînait une culpabilité malsaine qu'il tentait d'endiguer par de spécieux plaidoyers et qui se dissipait vite dans le travail.

Le film sorti au printemps, *Les Démons de la liberté*, avait été un succès malgré la noirceur du sujet, bien atténuée, il faut dire, par les coups de ciseaux des censeurs, seule chose que Jules retiendrait : « Ils n'y sont pas allés de main morte, les salauds. Chaque fois qu'on charcute une scène, c'est moi qu'on taillade ! » Heureusement, le torse nu de Lancaster avait fait se ruer dans les salles le public féminin. « Brûlant comme un fer à souder », pouvait-on lire sur les affiches montrant le beau Burt dépoitraillé. Ce cocktail de violence (édulcorée) et de testostérone avait rapporté plus de un million de dollars aux États-Unis, deux en comptant le marché étranger. De quoi faire oublier l'interdiction au Danemark ou les nombreuses copies mutilées. En France, où l'on entendait parler de Jules Dassin pour la première fois, les critiques avaient salué sa mise en scène percutante, son cinéma à l'estomac. Hellinger avait gagné son pari et les gros bonnets d'Universal attendaient avec impatience le prochain.

Jules et son producteur, désormais ami et complice, se retrouvèrent donc à Los Angeles, au Trinidad Club, pour parler du film suivant, *La Cité sans voiles*. Une entreprise osée. Hellinger hésitait à se lancer.

— Il faut sûrement revoir le scénario en engageant une vraie plume, dit Jules, mais il y a quelque chose là-dedans de terriblement excitant. C'est une nouvelle forme de cinéma, Mark, je veux en être !

« Je vais filmer notre New York, Mark, celle qu'on connaît, comme on ne l'a jamais vue : images de rues, de métros, fourmilière de piétons, usines à l'abandon, salles de rédaction, crépitements des téléscripteurs, enseignes de Broadway, il faudra tourner en été : les premières lueurs du jour, la ville qui s'éveille, écrasée de chaleur, la découverte du corps d'une femme morte dans sa baignoire, une histoire parmi des millions d'autres et un vrai flic, pas un héros de série B, un enquêteur un peu blasé mais qui fait le job, avec une montée du rythme, un montage saccadé et, pour finir, la course éperdue du criminel dans la grande ville...

L'idée de prendre le contrepied des enquêtes policières conventionnelles en mettant New York au premier plan lui plaisait énormément.

## 20 août 1948

La veille, le 19 août, Jules avait terminé son film à la suite d'un tournage marathon. Il avait tout donné. Après le clap de fin, les techniciens avaient organisé une petite fête sur les bords de l'East River. Des figurants, des curieux se mêlaient aux membres de l'équipe. Jules allait de l'un à l'autre, les remerciant chaleureusement car tous, gens de la rue et professionnels, avaient travaillé en totale osmose.

*Je portai un toast à la mémoire de Mark Hellinger qui nous avait quittés brutalement, à quarante-quatre ans, alors qu'il venait de faire un essai de voix off pour le film...*
*Je n'ai jamais été très fort pour les discours. Je bredouillai quelques mots dans l'odeur un peu âcre qui montait de la rivière.*

— Un homme bien... tous ceux qui l'ont connu vous le diront... Il m'a tendu la main... Courte vie, mais il laissera un grand nom dans l'histoire de notre art... Ce film, je l'espère, y contribuera.

Dans le taxi qui le menait à l'aéroport LaGuardia, Jules éclata en sanglots. Plus qu'un grand producteur, Hellinger avait été un ami, un vrai.

Le 18 décembre précédent, il avait offert à Jules pour ses trente-sept ans un superbe album de photos de New York signées Arthur Fellig, pensant qu'il pourrait s'en inspirer. Jules l'avait appelé pour le remercier. Ils avaient parlé du film, de la musique qui devrait refléter le tintamarre urbain et de deux, trois choses auxquelles Jules avait pensé pour muscler la fin. Le meurtrier joué par Ted de Corsia s'enfuirait sur le Williamsburg Bridge mais, au lieu de se coincer le pied dans le rail électrique du métro, pourquoi ne tomberait-il pas dans le vide ?

— Tu es très attiré par le vide, ma parole, avait ironisé Mark. Déjà dans *Les Démons de la liberté*, le maton nazi était jeté du haut du mirador et laissé en pâture aux taulards massés dans la cour. Mais pourquoi pas ? Tu filmes ça très bien.

Jules les avait invités, lui et sa femme, à venir boire un verre sous le sapin. Mark avait dit :

— Merci. On verra ça !

Trois jours plus tard, on l'avait transporté d'urgence à l'hôpital Cedars-Sinaï de Los Angeles, où une thrombose l'avait emporté. Jules n'avait pas eu le courage de se rendre à ses funérailles. Mais, le mois suivant, il était passé au Sleepy Hollow Cemetery pour fleurir la tombe de l'homme qui lui avait donné sa chance. C'était le 30 janvier. Le jour de l'assassinat de Gandhi.

Son ange gardien envolé, Jules se sentit soudain terriblement vulnérable. Chez Universal, on ne croyait pas en *La Cité sans voiles*, son film si novateur, et il redoutait qu'il ne le sorte sans publicité.

*La chance m'avait quitté. Les astres avaient tourné. Roulette du destin. Après Carole Lombard disparue dans un accident d'avion, c'était Mark qui s'en allait. Chaque fois que je me faisais un soutien dans la profession, la Faucheuse passait par là. Portais-je la poisse ?*

La rumba des idées noires avait repris.

À bord du *Lockheed Constellation* qui le ramenait à Los Angeles, Jules avala un cachet pour dormir. Des images obsédantes lui traversaient la tête, une vue aérienne de Manhattan avec la voix d'outre-tombe de Hellinger qui plongeait le spectateur en hypnose...

Il était 23 heures quand un autre taxi, orange celui-ci, déposa Jules avenue Bronson. Il n'avait qu'une hâte : retrouver Béa et les enfants, oublier son chagrin dans leurs bras. Les enfants étaient déjà au lit. Jules voulut les embrasser. Par chance, Joe ne dormait pas. Il écrivait dans un petit cahier d'écolier.

— Qu'est-ce que tu fais ? Tes devoirs ?

L'enfant ne répondit pas, absorbé par l'écriture. Jules était intrigué.

— Je peux voir ?

Joe tendit son cahier à son père.

— C'est quelque chose que tu as inventé ?

— Oui, dit Joe, c'est une mite qui va à l'opéra dans un étui de violon... Elle a beaucoup voyagé parce que, avant, elle vivait dans les habits de Gandhi. Et partout où elle va, elle apporte la paix.

Joe avait été très ému par l'assassinat de Gandhi. Il avait épinglé au-dessus de son lit une photo du Mahatma, celle où il rend visite aux intouchables.

— Plus tard, je veux aider les pauvres, papa.

— C'est bien... Mais pour ça il faut manger un peu plus.

— Gandhi était végétarien et il jeûnait un jour sur deux.

— Je sais, mais toi, tu dois grandir et être fort si tu veux défendre les plus faibles.

— À l'école, les autres m'insultent parce que je suis juif et que j'ai des amis noirs.

— Ne te laisse pas faire. Si on te frappe, frappe à ton tour. Je vais t'apprendre à te battre.

— Non, Gandhi était non violent. Il parlait, il écrivait, c'est tout.

— Alors continue à écrire. C'est bien.

## 20 août 1949

*En dépit de ses trois oscars dont celui de la meilleure photo,* La Cité sans voiles, *à jamais marquée par le décès de Hellinger, m'avait laissé un goût amer. Cette fois, les censeurs n'avaient pas fait dans la demi-mesure, ils avaient littéralement arraché le cœur de mon film. Quand j'avais découvert la boucherie, j'en avais pleuré de dégoût.*

Ce qui frappe dans New York, ce sont ses contrastes : richesse et misère s'y côtoient. Jules avait donc construit son film autour de ces deux mondes étroitement imbriqués. Ces ronds-de-cuir avaient gommé tout cela pour ne retenir que l'intrigue policière qui, à l'origine, devait seulement servir de prétexte pour filmer la rue. La seule école que Jules ait assidûment fréquentée, raison pour laquelle il la restituait si bien à l'écran !

À l'hiver 1949, délaissant Hollywood et sa famille restée à Los Angeles, Jules, comme dépossédé de son âme, avait retrouvé le Roxy Theatre de New York pour monter une comédie musicale. Le soir de la première, les gens en tenue de soirée se précipitaient vers l'entrée sous une averse floconneuse et lui, en smoking, mort de trac, accueillait en haut des marches ce parterre frigorifié.

Au moment où il s'inclinait avec toute la troupe pour saluer le public, Jules avait eu une hallucination. Au premier rang, serrés l'un contre l'autre, entrelaçant leurs mains, se tenaient ses parents, non pas sous leur enveloppe sénile mais tels qu'ils devaient resplendir aux premiers temps de leur amour. Avec quelle tendresse mêlée de fierté ils regardaient leur fils qui avait réussi ! La vision persista une fraction de seconde et, alors que Jules, bouleversé, gagnait les coulisses, une autre image s'était imposée à son esprit, celle de sa mère fiévreuse et alitée maudissant son cavaleur d'époux avant de rendre son dernier soupir. Quelques semaines plus tard, victime des ciseaux de la Parque ou frappé par la malédiction de sa moitié, le barbier d'Odessa, élégant et parfumé, s'écroulait au coin de la rue, à deux pas de sa petite boutique. À quelques jours d'intervalle, presque en un éclair, Jules Dassin s'était retrouvé orphelin.

*J'avais insisté pour que mes parents soient enterrés au Hollywood Forever Cemetery, section de Beth Olam.*

*J'avais signé pour un nouveau film et ne me voyais pas poursuivre ma carrière ailleurs qu'en Californie. Le 20 août, nous allâmes tous nous recueillir sur la tombe de nos ancêtres.*

*— Vos grands-parents se levaient tôt et bossaient dur. Les règles qu'ils nous ont inculquées se comptent sur les doigts de la main : ne pas mentir, ne pas voler, être honnête, rester humble, appliquer la loi de la Torah. Ne l'oublions pas.*

*Ricky demanda :*

*— Papa, est-ce que nous aussi, un jour, on nous mettra sous terre ?*

*— Oui, ma chérie, pas de doute qu'un jour cela arrivera !*

*Tu furetais à l'écart, parmi les herbes folles, scrutant les inscriptions au-dessus des étoiles de David. Tu portais une culotte de scout et tapais dans tes mains pour faire fuir les corneilles. Dans la voiture, en rentrant du cimetière, tu sortis de ton mutisme et déclaras :*

*— Papa, si tu me mets au cimetière, s'il te plaît, trouve-moi une place près de la sortie pour que je puisse me foutre le camp.*

*Tout le monde rit de bon cœur.*

*— C'est toi qui m'enterreras, mon fils !*

*Tu levas ton regard vers le ciel où se croisaient les traînées roses laissées par les avions et tu dis :*

*— Ce serait bien que tu vives cent ans !*

## 20 août 1950

*Au début, personne ne prenait très au sérieux les gesticulations de ce sénateur du Wisconsin, bien connu pour ses provocations en tout genre. Le premier à tirer la sonnette d'alarme avait été Nick Ray, sans doute le plus clairvoyant de tous mes amis.*

— Tu sais, Dassin, ça peut très vite tourner au vinaigre pour nous tous.

— Mais ce type est un clown… Qui peut lui accorder le moindre crédit ?

— Le problème, avec ce genre de clowns, c'est que lorsqu'ils commencent à faire salle comble à chaque meeting, ils deviennent des dictateurs en puissance. Regarde Hitler. Ce Joseph McCarthy va semer la division dans nos rangs en instillant la peur, je t'aurai prévenu…

— Joseph Staline, Joseph Goebbels, Joseph McCarthy, ça commence à faire beaucoup… Si j'avais su, j'aurais prénommé mon fils Eliott…

— Si nous avions tous su, nous n'aurions pas affiché nos opinions dans un pays où c'est devenu un délit d'en avoir.

Toutefois, Jules était trop absorbé par le tournage des *Bas-fonds de Frisco*, le troisième volet de sa trilogie américaine, pour s'appesantir sur ces rumeurs de liste noire.

Il avait écrit le scénario en quinze jours avec A. I. Bezzerides, futur scénariste d'*En quatrième vitesse* de Robert Aldrich qui, déjà, cultivait sa réputation d'auteur le plus véloce de Hollywood. Puis Jules avait tourné tout aussi vite, preuve que l'avertissement de Nick n'était peut-être pas tombé dans l'oreille d'un sourd. La rumeur s'amplifiait au sein des studios, on murmurait les noms des « dix de Hollywood », bientôt tristement célèbres, accusés de mener des activités antiaméricaines. Comme Jules était très lié avec certains d'entre eux et que son vieil ennemi Louis B. Mayer continuait à lui tailler des croupières avec ses « sale Juif communiste » et ses « prétentiard qui ne vise qu'à saboter le système », il s'était vite trouvé acculé, aux abois, et aurait fini au fond d'une geôle (pour de vrai, cette fois) sans une intervention providentielle.

Tout se précipita au soir du 20 août.

Des coups violents frappés à la porte. Jules pensa qu'on venait l'arrêter. Il envoya Joe ouvrir avec pour consigne de dire qu'il n'était pas à la maison. Un grand costaud moustachu vêtu d'une gabardine se découpa dans l'encadrement de la porte. Sans tenir compte du mensonge de Joe, il s'adressa à l'ombre au bout du couloir.

— Dassin, c'est Darryl Zanuck, je sais que tu es là.

Jules, reconnaissant la voix de son chef de studio, sortit de son trou.

Zanuck lui colla entre les mains un scénario tiré d'un roman d'Albert Maltz, *The Journey of Simon McKeever*, dont il venait d'acquérir les droits.

— Fous le camp à Londres et tourne-moi ça.

— Attends, je ne peux pas tout plaquer sur la foi de simples ragots... On est en Amérique, ici, pas chez Kafka. Je vais y aller, moi, devant leur tribunal à la con, et je vais répondre point par point à leurs questions. Je n'ai rien à me reprocher.

— Dmytryk a livré ton nom à la commission en échange de sa réhabilitation. Kazan a fait la même chose...

— Dmytryk, Kazan, mais c'est impossible... On a débuté ensemble, on s'est toujours serré les coudes...

— Tu es grillé, je te dis, condamné avant d'avoir été entendu. Ils ont un dossier haut comme l'Empire State Building sur toi... Prends ce foutu scénario et file en Angleterre. Ce sera probablement ton dernier film ! Commence par tourner les scènes les plus chères, ils ne pourront plus te virer.

La feuille de route était claire. Zanuck avait insisté pour que Jules confie un rôle à son ex-maîtresse, Gene Tierney, cette immense star alors en pleine dépression.

— Elle est dans la mouise, et c'est une bonne petite. Sauve-la, Dassin.

*Vendu par Dmytryk, lâché par Kazan, des compagnons de route avec lesquels je pensais partager une vision du monde et une passion du théâtre, des gens qui n'avaient que les mots « solidarité », « justice », « fraternité » à la bouche... J'étais K.-O. debout, pas assez lucide pour analyser la situation et manquant manifestement de recul afin de m'organiser. Il fallait trancher vite, presque sans réfléchir, et sans fournir d'explications aux miens.*

*Tu m'en voulus longtemps de cette décision, mais comment un père pouvait-il expliquer à un enfant de dix ans quelque chose qu'il n'était même pas certain de comprendre lui-même, à savoir que, sur ordre d'une poignée d'ultraconservateurs républicains, tous les communistes et défenseurs du principe de l'égalité raciale étaient à bannir au plus vite de la société américaine ?*

— Papa, dis-moi si c'est pas trop sucré !

Comme chaque été, Joe et son petit copain noir vendaient aux habitants du quartier une limonade faite maison.

Jules avait tenu à ce que ses enfants grandissent dans la tradition américaine qui veut qu'on apprenne très vite à gagner ses sous et à connaître la valeur de l'effort. Le matin, sur le chemin de l'école, il arrivait ainsi à Joe de distribuer des journaux, qu'il lançait à la volée sur les perrons. Et maintenant il allait falloir leur annoncer qu'on pliait bagage pour rejoindre l'Europe.

Jules avala une gorgée, félicita son fils, puis bredouilla quelque chose que personne ne comprit, et qu'il n'aurait pas le courage de répéter, une phrase qui aurait pu servir de titre à ce nouveau chapitre de leur existence :

« Fini le temps de la limonade. »

## 20 août 1951

Oh ! l'Angleterre. Oh là là ! Quelle horreur ! Ce pays où hiver comme été tout le monde portait des habits d'automne. Béa aveuglée par le crachin à la descente du bateau, prise dans le va-et-vient des dockers, et les enfants énervés, déboussolés, ne comprenant pas ce qu'ils faisaient sur ce quai, au bord de la Tamise, au milieu des valises, dans l'odeur de houille et de poisson fumé.

*En venant d'Ukraine, ton grand-père chassé par les pogroms avait connu la faim, le froid et la misère. Il avait voyagé à l'entrepont comme la plupart des immigrants alors que juste au-dessus, sur les ponts-promenades, se prélassaient les voyageurs de première classe. Nous avions moins souffert, Joe : avais-tu jamais eu faim ? Avais-tu jamais eu froid ? T'étais-tu fait dévorer par les poux, les puces et la vermine ?*

*Tu n'avais jamais manqué de rien à l'exception de la présence d'un père, mais ce père, crois-moi, ne pensait à ce moment-là qu'à deux choses, d'ailleurs complémentaires : s'accrocher à son boulot et vous mettre à l'abri du besoin.*

Le 20 août 1951, Jules s'évada du tournage de son film *Les Forbans de la nuit* pour aller voir une pièce du répertoire élisabéthain jouée par des comédiens amateurs (était-ce *Le Conte d'hiver* de Shakespeare ?) en compagnie de ses acteurs Richard Widmark et Gene Tierney et de son nouvel ami Stanislaus Zbyszko. C'était tellement étrange de se retrouver ainsi, sur les gradins, à Soho, à côté de ce vieil athlète mythique d'origine polonaise…

En préparant son film sur les milieux de la lutte, Jules avait deux solutions pour le rôle de Gregorius, ancienne gloire du ring si respectueux des règles de l'art : soit choisir un acteur et lui apprendre le catch, soit prendre un vrai catcheur en priant qu'il sache jouer la comédie… Soudain, le nom de Zbyszko lui était revenu en mémoire. Zbyszko, ce champion du monde de lutte gréco-romaine que son père idolâtrait et que Jules ne connaissait qu'au travers des récits du barbier. Zbyszko, Stanislaus Zbyszko, ce nom qui claquait comme une manchette.

Jules avait téléphoné à un journaliste sportif de New York en le chargeant de retrouver son bonhomme.

— Mais il est mort !

— Vous en êtes certain ?

— Je crois bien, oui…

— Vérifiez !

Bien qu'il fût à Londres, loin des studios, isolé, blacklisté, Jules, têtu comme un bourricot, refusait en bloc les acteurs que Hollywood lui envoyait par avion, en insistant chaque fois : « Non, c'est Zbyszko qu'il me faut. »

À force de le vouloir et d'y croire, le miracle s'était produit.

Un télégramme de la Fox était arrivé : « Zbyszko en vie ! » On avait envoyé des clichés du vieux lutteur à Jules, qui avait constaté qu'ils correspondaient exactement à l'idée qu'il s'en faisait. Comme Zbyszko avait soixante-dix ans, la Fox avait voulu lui faire passer des essais en le confrontant à trois jeunes castagneurs qu'il avait fracassés. Le catcheur avait donc débarqué à Londres avec sa veste à carreaux et son petit bagage. Il n'avait jamais vu une caméra et s'embrouillait dans son texte, mais quelle présence ! Son jeu était extraordinaire. À la fin de la séquence où son personnage meurt d'épuisement après avoir étouffé son adversaire, il était resté inerte deux bonnes minutes, de sorte que chacun, sur le plateau, l'avait cru vraiment mort.

En fait, il ne jouait pas, il était Gregorius, volant presque la vedette à Widmark.

En sortant du théâtre, Jules proposa à ses compagnons d'aller boire un verre dans un pub.

Première tournée :

— À l'amitié, dit Richard.

— À ceux qui ne la trahissent pas, dit Jules.

— Ils sont rares, dit Gene.

— Aux oiseaux rares, dit Richard.

Deuxième tournée :

— À dame Fortune qui m'a fait l'aumône d'un sourire, dit Gene.

— À ta gloire future, dit Richard.

— À ta performance, dit Gene.

— À mes mollets, dit Richard, dont le personnage d'un bout à l'autre du film n'arrête pas de courir pour tenir à distance ses assassins.

Troisième tournée :

— À Darryl Zanuck, qui nous a à l'œil, dit Jules.

En villégiature dans sa suite de l'hôtel du Cap à Antibes, le tout-puissant producteur se faisait envoyer les rushs en cachette, réfléchissant déjà au montage qu'il assurerait lui-même, sans le concours de Jules.

Quatrième tournée :

— Au héros de mon enfance, dit Jules en se tournant vers Zbyszko, qui se taisait et engloutissait des shots de vodka cul sec.

— À toi, dit soudain Stanislaus à Jules, et à tous ceux qui s'accrochent à leurs rêves de gosse.

*En regagnant notre hôtel, j'étais ému mais je me sentais fort grâce à mes nouveaux amis, mes forbans de la nuit : Gene, si juste et bouleversante à chaque plan, Richard, le meilleur acteur que j'aie jamais dirigé, et le géant, derrière moi, prêt à tordre le cou aux malfaisants.*

*Plus tard, j'appris que, avec son salaire, Zbyszko, complètement fauché, s'était offert un élevage de poules...*

## 20 août 1952

*Après Londres, ce fut Rome et, après Rome, Genève puis Paris. Au cours de cette période mouvementée, tu allais changer onze fois d'école au gré de mes tribulations. J'étais désormais un cinéaste en exil, traqué, menacé, mais un cinéaste encore en activité, qui allait tenter de s'imposer loin de son sol natal. Les vents contraires soufflaient violemment et l'ennemi était d'autant plus redoutable qu'il ne se montrait pas.*

L'Amérique et l'Angleterre boudèrent *Les Forbans de la nuit*, œuvre surgie du chaos, qui deviendrait pourtant un classique du film noir. Inconsciemment, Jules avait fait passer dans son œuvre ses tourments du moment. La triste fin de son héros, étranglé et flanqué à la baille, ne laissait guère entrevoir d'issue favorable à sa propre cavale. Il avait filmé Londres comme il avait filmé New York et comme il filmerait bientôt Paris : de nuit, ou au petit jour, en jouant toujours sur les contrastes entre le monde des riches, qui brille et fait rêver, et l'univers des marginaux cherchant désespérément leur place au soleil. Jules le premier courait sur des routes semées d'obstacles, des ombres à ses trousses. Durant toutes ces années, s'il souffrit, il ne le montra point. À quoi pouvait ressembler un moment de désespoir de Jules Dassin ? Nul ne sait. Il ne s'épanchait pas.

Le 20 août 1952, Jules se rendit dans les Pyrénées-Orientales et retrouva sa famille, qu'il avait un peu perdue de vue. Joe et les filles avaient été placés dans des écoles privées à Genève. Béa était devenue l'élève de Pablo Casals et avait rejoint sa formation musicale à Prades.

L'abbaye de Saint-Michel de Cuxa, où se déroulait le festival fondé par Casals, était alors en pleine restauration. Les musiciens jouaient dans l'église dépourvue de toit. Les jours de pluie, on déroulait une bâche. Jules observait ses enfants, plus attentifs aux hirondelles s'entrecroisant dans le ciel bleu qu'aux prouesses de l'orchestre. Les filles riaient aux pitreries de Joe qui faisait l'andouille pour dissimuler le malaise de ces retrouvailles avec son père.

Béa semblait épanouie aux côtés de ses nouveaux amis Clara Haskil, Joseph Szigeti, Rudolf Serkin ; ils avaient tous répondu à l'invitation du grand violoncelliste pour célébrer le bicentenaire de la mort de Jean-Sébastien Bach. Elle présenta Jules à Casals, qui avait fui la dictature franquiste en 1936 pour se réfugier dans cette petite ville au pied du Canigou.

— Je voulais vous remercier, dit Jules.

— Me remercier de quoi, grands dieux ?

Jules faisait allusion à l'épisode de la série documentaire *Meet the Masters* consacrée aux grands interprètes musicaux. Secondé par Robert Aldrich, Jules avait réalisé un film en 16 mm sur le trio Rubinstein-Heifetz-Piatigorsky jouant

Schubert. Il avait décroché ce tournage grâce à l'aide du célèbre violoncelliste à qui Béa avait confié leurs déboires.

— Vous auriez seulement pu être plus discret, fit remarquer Casals.

Jules avait peut-être poussé le bouchon un peu loin en donnant une interview à la radio américaine. La meilleure défense étant l'attaque, il avait flingué à bout portant le sénateur McCarthy, rappelant à ses compatriotes qu'il s'agissait d'un notoire gangster. Le journaliste lui avait demandé s'il était sûr de vouloir qu'on passât cet entretien. « Oui, avait dit Jules, comme ça, ils auront enfin une bonne raison de me persécuter. »

— C'est le fiston ? s'enquit Pablo en désignant Joe qui se tenait un peu à l'écart, ne perdant pas une miette de leur conversation.

— Oui, acquiesça Jules en caressant les cheveux de son garçon. Il est très musicien.

— Il vous ressemble comme deux gouttes d'eau !

Un peu plus tard, alors qu'ils déambulaient dans le cloître, et tandis que Béa racontait à ses filles l'histoire des bénédictins qui l'avaient habité, Jules tenta maladroitement de rétablir le contact avec Joe.

— Alors, elle est comment, ton école ?

— Ça va !

— Tu t'es fait des amis ?

— Ça va !

— Maman m'a dit que tu étais premier en français. Tu m'apprends ?

— Belle marquise, vos beaux yeux d'amour mourir me font...

Jules répéta phonétiquement la tirade culte du *Bourgeois gentilhomme* de Molière et demanda ce que cela signifiait. Joe retrouva son bagout, signe qu'entre eux le courant se rétablissait.

— C'est pour dire à une fille que tu es amoureux. Mais il y a plusieurs autres façons... Je connais aussi les fables de La Fontaine : « Si votre ramage ressemble à votre plumage, vous êtes le Phénix des hôtes de ces bois »... Un Phénix, c'est un oiseau fabuleux, tu peux le rôtir à la broche, il renaît toujours.

— Un peu comme moi ! dit Jules.

— Papa, on retourne quand en Amérique ?

— Bientôt.

— Alors pourquoi je dois apprendre le français ?

— Parce que c'est utile de connaître plusieurs langues.

— Est-ce que je pourrai faire l'acteur plus tard ?

— D'abord, passe tes examens. Ensuite on verra.

Jules posa une main sur l'épaule de son fils et ils poursuivirent leur promenade en silence. Joe n'était plus un petit garçon, il avait grandi d'au moins dix centimètres et s'était musclé grâce aux multiples sports qu'il pratiquait au collège. Sa voix commençait à muer. Et un duvet blond naissant lui conférait une touche de virilité.

Joe s'assit sur la margelle du bassin, regardant avec attention deux libellules qui s'accouplaient sur une feuille de nénuphar. Jules lui demanda s'il avait une petite copine.

Se tournant vers son père, Joe déclara avec gravité :

— Ce n'est pas vrai que deux gouttes d'eau se ressemblent. Il y en a toujours une qui brille plus que l'autre...

*Te faisais-je de l'ombre ? En souffrais-tu ? Ou bien y avait-il en toi le sentiment de pouvoir faire mieux que moi ?*

*Tu rejoignis ta mère et tes sœurs et tout naturellement repris auprès d'elles ta place d'enfant chéri et de grand frère vénéré.*

## 20 août 1953

*D'emblée, ça n'avait pas collé avec cette Zsa Zsa Gabor. Les Juifs de Budapest n'ont jamais pu blairer ceux d'Odessa. Tout chez cette princesse au petit pied me débectait. Ses manières de grande coquette, ses bijoux et ses falbalas, ses affreux toutous, son rire outrancier. Elle avait dû le sentir, et que je restasse insensible à ses charmes avait sonné comme une déclaration de guerre.*

L'actrice lui avait donné rendez-vous au bar du théâtre des Folies Bergère, où elle avait ses habitudes. Il s'agissait de faire connaissance autour d'un verre et de parler du film qu'elle devait tourner sous la direction de Jules et dont elle serait la vedette féminine. De but en blanc, la croqueuse d'hommes visiblement bien renseignée assena à Jules que ça l'ennuyait de travailler avec quelqu'un qui avait des accointances avec le Parti communiste. Elle détestait la couleur rouge. Il lui répondit que lui, c'était le rouge et noir qu'il détestait et que ça l'« ennuyait » de diriger une actrice qui se vantait d'avoir dansé deux fois avec Hitler.

Des bichons aux crocs acérés et aux yeux furibonds qui leur tournaient autour se mirent à aboyer férocement et, tandis que leur maîtresse feignait de tomber dans les pommes, ils encerclèrent Jules et le poussèrent vers la sortie du théâtre en lacérant le bas de son pantalon.

Voilà comment il s'était retrouvé dans cette brasserie du Trocadéro, en plein mois d'août, en compagnie de Fernandel qui avait assisté à l'altercation et s'épongeait à présent le front en imitant Raimu :

— Alors moi, je te tends la main et toi, tu me scies le bras, et toi, tu me scies le bras...

Touché par les vicissitudes de Jules, le plus grand acteur comique français s'était personnellement investi pour l'aider à retrouver du boulot. Les deux hommes avaient d'abord failli embarquer ensemble sur un épisode de *Don Camillo*, avant que Jules jette l'éponge, découragé par l'abyssale niaiserie du scénario. « C'est une couillonnade, avait acquiescé Fernandel, mais qui peut rapporter gros ! Si j'étais à ta place, je ne ferais pas la fine bouche. » Quelques jours plus tard, Jules recevait une autre proposition : *L'Ennemi public n° 1*, nanar certes alimentaire mais plus conforme à ses standards et dont le titre le renvoyait à sa propre condition de paria. Hélas, l'antagonisme avec l'actrice principale venait de tout faire capoter. Jules se renseigna et apprit que les sœurs Gabor étaient très proches des milieux d'affaires californiens et que parmi leurs amis se trouvait le sénateur McCarthy... Pire, le producteur français Jacques Bar avait pris des renseignements sur Jules auprès des studios hollywoodiens et, à une semaine du tournage, un télégramme comminatoire l'avait averti que si Dassin réalisait le film, aucun distributeur américain ne se chargerait de sa diffusion aux USA.

Pour couronner le tout, l'American Legion (association de vétérans de l'armée des États-Unis) menaça d'organiser des manifestations devant les cinémas qui programmeraient des films de Dassin et de Chaplin, une autre victime du maccarthysme.

— Misère, dans quel pays vivons-nous ! s'indigna Fernandel.

— En France, berceau des droits de l'homme et du citoyen, soupira Jules avec fatalisme.

En pleine guerre froide, l'ennemi public s'appelait Jules Dassin, soupçonné d'être une taupe du Kremlin transportant une bombe dans sa valise.

Jacques Bar le débarqua et engagea Henri Verneuil.

## 20 août 1954

*Empêtré dans mes propres ennuis, je m'efforçais tant bien que mal – et plutôt mal que bien – de soigner ma relation avec ta mère. Je me faisais du souci pour toi, Joe, sincèrement. J'essayais de me représenter ta vie dans ton nouveau collège genevois, cette boîte pour gosses de riches où nous t'avions inscrit en suivant le raisonnement de la plupart des gosses de pauvres qui veulent que leurs propres enfants profitent de la chance qu'eux n'ont pas eue de faire des études, d'avoir accès à des bibliothèques, des terrains de sport, de fréquenter le haut du panier... J'étais un gamin du Bronx qui avait grandi dans la rue, parmi des petites frappes, des cervelles déglinguées, de dangereux psychopathes. C'était d'ailleurs un miracle que je n'aie pas plus mal tourné. Enfant, j'avais été fasciné par les règlements de comptes dans de sordides terrains vagues, faisant parfois le guet et sifflant avec les doigts pour signaler une ronde de flics... Étais-je malheureux ? Je ne me posais pas la question. J'apprenais comment les humains fonctionnent entre eux, tout en réfléchissant déjà à me protéger de la meute.*

Une fois par semaine, Béa faisait le trajet en train de Perpignan à Genève pour voir ses trois enfants. Ils passaient le dimanche tous les quatre, pique-niquant sur les bords du lac, près de la statue de Jean-Jacques Rousseau, avant d'aller boire un chocolat à l'hôtel Beau Rivage en face duquel l'impératrice Sissi avait été assassinée. Par beau temps, on pouvait apercevoir au loin le sommet du mont Blanc. Le soir, en rentrant à Prades, Béa appelait son mari, et le compte rendu qu'elle lui faisait ne pouvait que le conforter dans l'idée qu'ils avaient eu raison d'inscrire leur fils à l'Institut Le Rosey, l'un des plus prestigieux établissements au monde : premier de sa classe en anglais, bien sûr, mais surtout en français, Joe faisait du ski, jouait au polo, battait à plate couture aux échecs ses coreligionnaires qui avaient pour nom Karim Aga Khan, Albert, le futur roi des Belges, et le prince Edward d'Angleterre. Bref, il semblait s'être bien acclimaté !

Jules revit son fils à Noël et le félicita. À mots couverts, celui-ci avoua souffrir au pensionnat. Parlait-il de souffrances physiques, de sévices, de bizutage ? Joe ne voulut pas entrer dans les détails et, après les fêtes, reprit bon an mal an le chemin du bahut. Affolé, Jules interrogea sa femme.

— Ils se lancent des défis, comme tous les ados : se pincer jusqu'au sang, se baigner dans l'eau glacée, jouer à qui restera le plus longtemps agenouillé sur du sel, fumer en cachette et écraser le mégot sur son avant-bras... Joe a l'air de s'en amuser, mais je crois qu'il regrette l'Amérique, comme nous tous.

Jules s'emporta.

— Si vous avez des réclamations à faire, adressez-vous directement au sénateur McCarthy ! Mais si je peux vous donner un conseil, c'est de ne pas trop cracher dans le potage, surtout si c'est du velouté d'asperges, et d'attendre aussi de voir ce que la vie nous réserve...

Interdit de filmer, aux abois, Jules était à cran.

L'été de ses seize ans, Joe passa brillamment son bac à Grenoble et, chose promise, chose due, sa mère lui offrit la guitare de ses rêves.

Entretemps, Jules avait enfin retrouvé du travail grâce à Henri Bérard, un producteur courageux qui avait senti sa détresse et qui croyait depuis toujours en son talent. Quand Bérard lui demanda s'il connaissait *Du rififi chez les hommes*, d'Auguste Le Breton, Dassin mentit, jurant qu'il adorait ce bouquin, que c'était une idée géniale de le porter à l'écran. Jules se serait damné pour décrocher ce contrat. Il se précipita ensuite chez un libraire et acheta l'ouvrage en question, qui lui tomba des mains. Il fallut qu'il demande à un ami qui maîtrisait l'argot de Ménilmontant de le lui traduire. Ce fut alors seulement qu'il réalisa dans quel fichu pétrin il s'était fourré en fonçant aveuglément dans cette histoire où tous les hommes étaient des maquereaux et toutes les femmes, des putains. Avec infiniment de tact, il demanda à Bérard de retoucher le script, oh, trois fois rien, on change tous les personnages masculins et féminins. « Et puis c'est bien trop bavard. La séquence du casse durera trente bonnes minutes et je la filmerai sans paroles ni musique ! » Tandis que Bérard s'efforçait de faire avaler la pilule à l'ombrageux Auguste Le Breton, Jules s'immergeait dans Belleville, ouvrant grand ses yeux-éponge qui ne tardèrent pas à absorber toute la poésie de ce merveilleux quartier de Paris.

*Un film ne se tourne pas, il se marche. D'abord, aller nez au vent et s'imprégner de la magie d'un lieu, s'emparer de son atmosphère.*

*Le* Rififi *était le premier film que je tournais en cinq ans. Cinq ans sans pouvoir faire de cinéma, c'est terrible. On rouille vite dans ce métier et, au moment de commencer le tournage, la boule au ventre, je ne savais plus si je serais encore capable de diriger. Dès les premières prises, je compris que ma vitalité était intacte. Je voulais frapper un grand coup pour bien leur montrer, à tous ces salopards, qu'ils ne m'avaient pas eu.*

À la fois devant et derrière la caméra, son implication était totale.

Il interprétait le rôle de César le Milanais, perceur de coffres-forts à l'élégant nœud papillon, qui est à la fin exécuté sommairement. Le 20 août, ils tournèrent la séquence où Jules alias César se fait trouer la peau. Pour interpréter sa mise à mort, il pensa très fort à ses persécuteurs. Un coup de feu claqua. Au moment où son corps s'avachissait, il se sentit délivré de cet énorme poids qui pesait sur lui et sur les siens depuis leur départ d'Amérique, il y avait une éternité. Jules se releva sous les applaudissements de l'équipe.

Quelle ne fut pas sa surprise quand il aperçut, au pied d'un projecteur, la silhouette de Joe qui, en vacances scolaires, profitait d'une escapade à Paris avec des copains pour faire un petit coucou à son père. Jules eut du mal à le reconnaître tant il avait encore grandi depuis Noël. Seul le sourire demeurait inchangé, un sourire teinté de mélancolie dont Jules ne savait trop ce qu'il dissimulait. C'était l'heure du casse-croûte, et il invita son fils à la cantine.

— Alors, ça va, toi ? Dis donc, qu'est-ce que tu as poussé, te voilà un petit homme…

— La moustache te va bien, lui dit Joe.

— Comme ça, on ne peut plus nous confondre, répliqua Jules avec un clin d'œil en attaquant sa blanquette de veau.

Le chef opérateur les interrompit. Lorsqu'on tourne en extérieur, c'est la lumière qui décide. Il fallait faire vite pour saisir le bon éclairage.

— On se voit tout à l'heure ? dit Jules.

— J'ai un rencard avec des copains.

— Alors salue les copains !

— On peut dîner ensemble si t'es libre…

La journée passa en un éclair, ne laissant aucun répit à Jules. À 20 heures, il décida de tourner une scène de nuit qui n'était pas prévue au programme.

Et, emporté par son tempo, il en oublia Joe.

## 20 août 1955

Comme chaque matin, Jules s'était levé à 6 heures. Il avait pris son café en lisant les journaux. Encore des Juifs massacrés, à Constantine, cette fois. Cela ne finirait donc jamais. Il soupira, s'installa à son bureau pour reprendre cette lettre que depuis des semaines il écrivait, raturait, déchirait, reprenait, redéchirait...

*Impossible de me concentrer, je n'avais que cette femme en tête. On s'était encore appelés trois fois la veille au soir, et la voix rauque de Melina, déjà râpée par le tabac à trente ans et des poussières, s'était incrustée dans mon oreille comme un sortilège dont je ne pouvais me défaire : « Jouli... Jouli chéri, trésor de ma vie... Amour de mon cœur... Je ne peux plus passer une seule journée loin de toi ! »*

Ce soir-là, en dépit de leurs promesses de ne plus s'appeler, ils récidiveraient et durant des heures se susurreraient des serments merveilleux, car l'amour, c'est bien connu, rend idiot.

Entre la déesse grecque aux yeux d'or et le réalisateur slave aux yeux bleus, c'était désormais à la vie à la mort.

Ils s'étaient rencontrés le 18 mai 1955 au festival de Cannes. Un seul échange de regards avait suffi à les rendre fous amoureux l'un de l'autre. Jules avait obtenu le prix du jury pour le *Rififi* et, au lieu de célébrer ce retour au premier plan, il avait passé son temps à consoler Melina venue présenter le film de Cacoyannis, *Stella, femme libre*, injustement boudé par le public et la critique. Chiffres en main, elle lui avait expliqué qu'ils étaient prédestinés : ils s'étaient rencontrés un 18 mai, il était né un 18 décembre et elle, un 18 octobre, bref c'était inscrit dans les astres, les dieux s'étaient manifestés, ils n'y pouvaient rien, le destin avait frappé. Jules, pourtant peu sensible aux signes, avait dû capituler ; les années Béa étaient derrière lui, il s'était fait pincer, piéger, prendre dans les filets de l'ensorcelante Melina Mercouri.

Melina la superstitieuse, dont les longs doigts bagués tripotaient nerveusement les boules d'argent et les pierres bleues de son komboloï.

Melina la tempétueuse, qui faisait se soulever les vagues de la Croisette lors des séances photo.

Avec son timbre rocailleux, sa grande bouche et son rire dévastateur, elle avait mis le feu à l'écran, aux flashs des paparazzis et au cœur de son Jouli, incapable de savoir s'il était tombé amoureux de la femme ou de l'actrice, indissociable du personnage de Stella, qui faisait tourner les têtes et propageait le désir dans les bars à bouzoukis.

À la soirée de gala, la lionne indomptable, entourée des deux Marcel, Pagnol et Achard, fumait cigarette sur cigarette, en jetant des regards éperdus à Jules qui dînait deux tables plus loin avec François Truffaut et Claude Chabrol, soutiens indéfectibles qui lui avaient ouvert en grand les colonnes des *Cahiers du cinéma*. Elle avait ôté ses souliers, et ses pieds nus battaient impatiemment la mesure sur *Caravan* de Duke Ellington qu'interprétait l'orchestre.

Une scène du *Rififi* plaisait beaucoup à Truffaut. Celle où Tony cravachait Mado : tandis qu'on entendait les cris de la femme battue, la caméra sans pitié s'attardait sur une photo représentant le couple au temps où il s'aimait.

Cette image obsédait Jules, le torturait. Elle lui faisait trop penser à sa propre histoire avec Béa, la violence machiste en moins. Déjà à Prades, trois ans plus tôt, ils avaient dû se rendre à l'évidence : leur passion avait fané, ils devaient s'y résigner. Entre eux, il y avait autre chose, quelque chose qui ne mourrait jamais : tendresse, respect, entraide, et puis leurs trois enfants. Il ne fallait pas qu'ils souffrent.

Jules avait promis à Melina un rôle dans son prochain film. D'ici là, il la suppliait d'être patiente, il lui fallait un peu de temps, juste un peu de temps pour annoncer à Béa qu'il la quittait.

La sonnerie du téléphone l'arracha à ses pensées. C'était elle. Qui, elle ? Son amour d'hier ou celui de demain ? Il n'osait décrocher ; *oui, non, j'y vais, j'y vais pas. Vas-y*, se dit-il, *et si c'est Béa, vide ton sac une fois pour toutes.*

— Allô, papa...

C'était Joe.

— Ah ! C'est toi, mon grand. Ça va ? Où es-tu ?

— À Zermatt.

— Qu'est-ce que tu fais ?

— Je fête mon bac, papa...

— Ça va faire un an… Tu n'es pas fatigué de ne rien faire ?

— Justement, je voulais te demander un petit rôle dans ton prochain film, le but étant de me constituer une cagnotte pour bourlinguer un peu à travers les USA avec des potes. Ensuite, j'envisage sérieusement de m'inscrire dans une école de théâtre, peut-être l'Actors Studio à New York.

Jules, certes pas dans son meilleur jour, fit la sourde oreille, recadrant sèchement le fiston :

— Je te l'ai déjà dit, je ne suis pas très partant pour que tu t'embarques à ton tour dans le spectacle. Regarde où ça m'a mené. Tu ne peux pas tout à la fois me reprocher de vous avoir mis dans le pétrin et vouloir faire comme moi. Commence par décrocher un diplôme d'ingénieur ou de médecin, tu en as les capacités. Et ensuite, tu feras ce que tu voudras. Quant à retourner en Amérique, je ne suis pas certain que ce soit la meilleure des idées… Tu m'écoutes, bonhomme ? Allô, allô !

Joe avait raccroché.

## 20 août 1956

Il avait fallu sept mois à Jules pour boucler le budget de *Celui qui doit mourir*, d'après *Le Christ recrucifié*[1], le roman de Nikos Kazantzakis. Melina de son côté avait beaucoup œuvré afin d'aider les astres à la réalisation de tous leurs désirs. Son père, alors représentant de la Grèce au Conseil de l'Europe, était intervenu personnellement pour que Jules, à qui l'Amérique n'avait toujours pas rendu son passeport, obtienne un visa. À présent, c'était fait. Après une si longue attente, les retrouvailles de ce couple béni des dieux avaient eu lieu « en cinémascope » dans un petit village de Crète, au milieu des montagnes, où Jules s'apprêtait à tourner une grande fresque biblique et sociale.

Il s'était enfin décidé à demander le divorce à sa femme, optant pour le plus lâche des procédés : le télégramme. « MA CHÉRIE STOP PARDONNE-MOI STOP TE QUITTE. » Se mettant immédiatement à dos ses filles, Richelle et Julie. En ce qui concernait Joe, le plus âgé et le plus imprévisible des

1. Traduit du grec par René Bouchet, Cambourakis, 2017 [Plon, 1955].

trois, Jules avait eu la bonne ou mauvaise idée (seul l'avenir le dirait) de l'engager sur le film, trouvant là une façon subtile ou terriblement maladroite (là encore, l'avenir le dirait) de le présenter à sa maîtresse tout en répondant à son désir de « faire l'acteur ».

Ce matin-là, en poussant les volets bleus de leur chambre d'hôtel, geste accueilli par les soupirs plaintifs de sa Calypso, des bras de laquelle il venait de s'extirper avec difficulté, Jules était plus nerveux qu'à l'ordinaire car il devait diriger LA scène où Joe donne la réplique à Melina.

*On ne s'était pas revus depuis deux ans, le temps qu'il faut à un grand adolescent pour devenir un homme, et à l'adulte que j'étais pour replonger en adolescence...*

Arrivé le matin même à l'aéroport d'Héraklion, Joe avait été accueilli par le premier assistant chargé de le véhiculer jusqu'au petit village de Krista, en pleine rocaille, où l'équipe de tournage avait établi son camp de base. Durant le trajet, Joe s'était replongé dans le scénario. Tous les sept ans, selon la tradition, le pope Grigoris organise une reconstitution de la passion du Christ et distribue les rôles aux villageois : Manolios le berger représentera Jésus, Yannakos le colporteur jouera l'apôtre Pierre et Katerina, femme de petite vertu, incarnée par Melina, sera Marie-Madeleine... La cérémonie est troublée par l'arrivée d'une troupe de réfugiés ayant fui le village voisin pillé par les Turcs qui, dans les années 1920, occupaient cette zone frontalière.

Jules avait confié à Joe le rôle d'un des réfugiés. Ce dernier n'arrivait pas à se concentrer sur sa lecture, obsédé par l'image de son père en couple avec une autre femme. Comment lui pardonner une telle trahison ?

Melina arriva au dernier moment, assez nerveuse, intimidée par ce grand gaillard aux allures de cow-boy qui lui donnait une idée de ce qu'avait pu être Jules à dix-sept ans. Le jeune homme, quant à lui, ne laissa rien paraître excepté le souci de bien faire son travail, voulant montrer à son père et peut-être se prouver à lui-même qu'il était taillé pour ce job. Un test pour lui, un examen de passage pour Melina et une sorte de quitte ou double pour Jules. Il leur fit répéter une scène qui, en fait, ne figurait nulle part dans le script.

— C'est juste un essai, j'ai écrit ça comme ça, on verra ensuite si on garde ou si on jette...

La ficelle était grosse. Enfin, l'un et l'autre paraissaient prêts à relever le défi. Et l'on verrait bien au bout du compte si cette séquence de leur vie mise en scène par Jules Dassin aurait une suite ou une fin...

À présent qu'il les tenait dans son viseur, Jules retrouvait ses réflexes de cinéaste. Dans son interview aux *Cahiers du cinéma*, il avait déclaré être un « instincticien » plus qu'un technicien. Il ne se fiait qu'à son « gros nez » pour mettre en scène. Encore fallait-il que la magie opère entre les comédiens. Au premier coup d'œil, il sut que son flair ne l'avait pas trahi : entre Joe et Melina, le courant passait. Si ce n'était un secret pour personne que Melina attirait la lumière et savait faire du gringue à la caméra, Jules découvrait en revanche qu'il émanait de Joe une incroyable aura.

— C'est bon, coupez !

Ils pouvaient souffler. L'angoisse avait quitté Melina qui,

tout au long de la prise, avait ressenti elle aussi un bon karma. Sous le soleil crétois, la glace avait complètement fondu et la jeune femme renoua avec sa vraie nature, joyeuse, exubérante, désinhibée. Elle passa un bras autour de la taille de Joe pour le plus grand plaisir de Jules.

Joe la bluffa en prononçant quelques mots de grec sans accent.

Jules précisa que son fils parlait aussi le français, un peu l'hébreu, et le russe, un don naturel qu'il avait encore affiné dans son institut helvétique. Melina, qui parlait anglais avec Jules, engagea alors une conversation en français avec Joe.

Joe, rougissant, avoua qu'il lui arrivait de se tromper sur le genre des choses : *une* fauteuil, *un* chaise, *une* cigare, *un* bouteille...

— C'est à cela qu'on voit que je suis américain. Surtout quand j'ai un petit coup dans le nez...

— L'important, dit Melina, est que tu ne te trompes pas sur le sexe des gens. Moi, ce n'est pas à l'école que j'ai appris les langues étrangères. C'est au lit !

Elle éclata de rire face au froid qu'avait jeté sa réplique.

Ils dînèrent ensemble.

Melina poursuivait son numéro de charme, de plus en plus à l'aise avec son « beau-fils », sous le regard vaguement inquiet de Jules. N'en faisait-elle pas un peu trop ? Il avait fait un tel écart en quittant la sage, discrète et ordonnée Béa pour la volcanique Melina...

Elle expliqua avoir suivi des cours de théâtre à Paris, et décroché le rôle principal dans plusieurs pièces à succès de Marcel Achard qui lui avait mis le pied à l'étrier. Elle se vantait d'avoir fait de l'ombre à sa grande rivale, Yvonne Printemps, laquelle était une vraie peste qui traînait plus bas que terre son petit mari, Pierre Fresnay. « Quel con ! Non, mais quel con ! Quelqu'un peut-il me dire pourquoi j'ai épousé un con pareil ? » Cinq minutes plus tard, cette perverse polymorphe le consolait : « Mais enfin, Pierrot, qu'est-ce qu'il y a ? Tu as l'air triste ! »

Joe écoutait poliment Melina. Bien malin qui aurait pu dire ce qu'il pensait en son for intérieur.

— Oh ! quelle chaleur ! dit Melina en lampant son verre de rosé.

Elle se souvint d'une anecdote à propos de Stella, son plus grand rôle. L'histoire se déroulait en plein été, et le tournage avait lieu en hiver. Athènes était une banquise. On lui avait collé un glaçon dans la bouche pour geler son haleine vaporeuse. C'était particulièrement comique quand elle devait embrasser son partenaire.

Jules baissa pudiquement les yeux.

*Le baiser à la grecque, je n'étais pas près de l'oublier. La première fois que Melina m'avait embrassé, par surprise, au bar de l'hôtel Prince de Galles, elle avait pioché en cachette un glaçon dans mon verre de whisky et se l'était fourré dans le bec. Je redoutais qu'elle n'évente notre petit secret, mais elle sut s'arrêter à temps...*

— Je suis saoule de m'entendre parler, dit Melina en allumant une cigarette à celle de Jules. Et toi, Joe, qu'est-ce que tu nous racontes de beau ?

## 20 août 1957

*Béa partageait son temps entre Paris, Jérusalem et New York, au gré de ses tournées musicales. Elle avait encaissé mon départ avec cran et dignité, mais aussi avec une certaine incrédulité. Ne pouvant croire que tout était fini entre nous et s'accrochant encore à l'espoir que je reviendrais sur ma décision, elle avait refusé le divorce. De retour de Crète, tu commenças par t'occuper de ta mère et de tes sœurs, vis-à-vis de qui tu t'étais toujours montré très protecteur. Mais à part t'étourdir de jazz et de java dans les boîtes de Saint-Germain-des-Prés, tu ne semblais guère pressé de démarrer des études supérieures. Le nid était détruit. Qu'attendais-tu pour voler de tes propres ailes ?*

Au mois de mai, ayant appris la mort du sénateur McCarthy, terrassé par une hépatite aiguë causée par son alcoolisme, Joe avait enfin franchi le pas et s'était inscrit à l'université d'Ann Arbor dans le Michigan, établissement renommé. Béa tomba des nues, tout comme Jules, Joe n'ayant tenu personne informé de son plan. Le dessein de Joe était de retourner aux États-Unis, non point par nostalgie, mais plutôt par défi, selon une inspiration purement romantique sans doute puisée dans ses innombrables lectures ou dans les westerns dont il était un grand amateur. Vous chassez un Dassin, c'est un autre qui revient, le fils du paria bien décidé à venger son père en se faisant un nom à son tour.

Il rejoignit donc la mère patrie avec son sac à dos et sa guitare, sa meilleure confidente, chasseuse de vague à l'âme... À la douane, son père étant encore fiché, on lui demanda de préciser son prénom. Des agents du FBI l'interrogèrent sur Jules, où il vivait, ce qu'il faisait. Une fois qu'il fut inscrit à l'université, la CIA se mit à surveiller ses fréquentations et à scruter le moindre de ses déplacements. Son téléphone était placé sur écoute.

Jules avait appris la nouvelle par ses filles, qu'il revoyait seul (pendant ce temps, Melina l'attendait dans des taxis ou dans des squares, essayant d'apercevoir Richelle et Julie à travers vitres et feuillages), et par Béa, avec qui il avait retissé des liens, d'abord au téléphone, puis, en cet explosif mois d'août marqué par les événements sanglants d'Algérie, au foyer du théâtre Hébertot, où répétait Melina. Jules fit les présentations et, comme les deux femmes n'avaient pas grand-chose à se dire, assez rapidement la conversation se focalisa sur Joe, parti quatre mois plus tôt dans le Michigan.

Il avait démarré des études de médecine, puis, après avoir failli tourner de l'œil en salle de dissection, il s'était rabattu sur les sciences humaines, l'ethnologie et l'anthropologie, estimant qu'il n'y avait pas de plus beau métier que celui d'enseignant. Pour payer ses études, il prenait des petits boulots.

— Il conduit un corbillard Dodge, dit Béa.

— Ah oui, dit Jules.

— Il fait la plonge...

— Ah bon !

— Il visite des réserves d'Indiens.

— Ah, tiens...

— Il se nourrit d'œufs au plat !

— C'est très bon, les œufs au plat, dit Jules. Pendant la grande crise de 1929, sans se plaindre, on mangeait du rat. J'espère qu'il bosse un peu.

— Il lit, en tout cas, dit Béa, grâce à toi, Jules. Et puis, n'oublie pas qu'au même âge tu as voyagé toi aussi, en Europe. Vous êtes faits de la même écorce.

— Oui, deux têtes de bois.

— Il faut bien que jeunesse se passe, dit Béa.

— La jeunesse ne devrait jamais passer, dit Melina.

— J'ai peut-être eu tort, dit Jules après un silence.

— Comment cela ?

— De le dissuader d'être un artiste.

— Mon père et ma mère m'avaient dissuadée de faire du théâtre, dit Melina, et je suis là.

— Pour ça, oui, vous êtes là ! dit Béa avec ce sourire taquin dont avait hérité son fils.

## 20 août 1958

Celui qui doit mourir *fut un échec cuisant. On ne me pardonnait pas d'avoir délaissé le film noir où j'excellais pour la parabole politico-religieuse. Aux* Cahiers du cinéma, *Jean-Luc Godard ne me rata pas.*

*Dans une lettre pathétique, je confiai mon désarroi à mon mentor Hitchcock. Celui-ci m'encouragea à tourner vite la page en adaptant pour l'écran un bouquin à succès. Mon choix se porta sur* La Loi[1], *qui avait valu à son auteur, Roger Vailland, le dernier prix Goncourt, et dont le producteur Jacques Bar avait acheté les droits. Un scénario qui tenait la route, de bons dialogues signés par l'ancienne scripte de Renoir, Françoise Giroud, et une distribution quatre étoiles (Brasseur, Montand, Stoppa, Mastroianni) : cette fois, je ne pouvais pas me planter.*

Jules retravailla un peu l'intrigue pour offrir à Melina un rôle à la hauteur de sa nature généreuse, mais, alors qu'il achevait le scénario, il reçut un coup de fil impérieux du producteur :

1. Gallimard, 1957.

— Il va falloir engager Gina Lollobrigida !

— Pour quel rôle ?

— Le rôle principal !

— Et Melina ?

— Trouvez-lui un autre emploi plus modeste.

— Vous plaisantez ? Il va falloir tout réécrire, et on tourne au mois d'août, c'est-à-dire dans trois semaines !

— Faites ce que je vous dis et vous aurez l'argent.

Jules entra dans une colère froide, s'indignant de devoir encore, à son niveau de carrière et avec tout ce qu'il avait subi comme avanies, ramper sous les fourches caudines de producteurs bornés qui ne considéraient que le pognon. Comme chaque fois qu'un obstacle se dressait sur sa route, le gamin du Bronx resurgissait, miné par son complexe de persécution, prompt à hurler dans une salve d'injures new-yorkaises sa haine de tous ceux qui lui faisaient payer cher son malheur d'être né juif et pire encore, juif et talentueux. Mais cette fois il ne se laisserait pas faire. Il avait à ses côtés une alliée de poids. Mieux que ça, il avait trouvé une muse, *sa* muse, et rien ni personne ne l'empêcherait d'en faire une super star dont l'étoile brillerait bientôt sur Hollywood Boulevard. Melina attendit avec un calme olympien qu'il eût fini d'éructer.

— Écoute, Jouli, le coupa-t-elle enfin, je pense que tu devrais t'aplatir.

— M'aplatir ? Tu es folle ! Je vais leur rentrer dans le lard, à tous ces connards. Oui, je vais leur chatouiller les côtes...

— Te fatigue pas, la suite, on la connaît : ce qui devait être un film réussi avec ton cher petit « youyou » sera une bouse effroyable avec la grosse « Lollo ». Pas de quoi te rendre dingo !

Ils s'envolèrent pour Rodi Garganico, ce charmant village des Pouilles où, le 20 août, les acteurs les rejoignirent, ainsi que les enfants de Jules.

— Allons, respire, Jouli, l'exhorta Melina. Pourquoi ne pas faire de ce tournage foireux un superbe moment de détente en famille ?

— Enfin, Youyou, tu ne penses pas ce que tu dis !

— Bien sûr que si. Laissons ces imbéciles nous offrir des vacances en Italie !

— Je suis un professionnel, pas un profiteur... Et puis, si je laisse mettre le bazar, c'est moi qui paierai les pots cassés.

— Comme tu voudras. Moi, on m'a presque autorisée à faire le lézard, et tu peux me croire, je ne vais pas me gêner.

Roulant des hanches, elle se dirigea vers le centre du village où quelques figurants et techniciens discutaient autour d'une fontaine en fumant des Camel. Et parmi eux, en jean et santiags, la chemise grande ouverte et les cheveux ébouriffés, souriant, hâlé, celui qui depuis un an vivait sa vie en Amérique : Joe, le revenant, à qui son père avait offert le rôle de Nico, un *disoccupato*. Idéal pour le jeune étudiant venu passer ses premières vacances en Europe.

Il n'était pas seul, ses sœurs l'accompagnaient.

Joe avait conduit un gros bahut jusqu'en Alaska avec un sentiment de toute-puissance et de liberté.

— Quel bonheur de rouler durant des miles sous des ciels immenses, sans croiser âme qui vive, en écoutant la radio et en fredonnant en rythme *Hurricane* de Bob Dylan, *Heartbreak*

*Hotel* d'Elvis Presley. Elvis surtout est omniprésent : à la télé, sur les affiches, sur les juke-box. Beaucoup de garçons ont adopté sa coiffure banane gominée.

— Pas toi, en tout cas, dit Ricky.

— Oh ! Je frise trop.

Joe avait traversé les grandes plaines où paissent des bisons, où galopent des mustangs.

— J'ai vu les tombes des pionniers dans la vallée de la Mort. J'ai suivi à la trace un grizzly dans les montagnes du Wyoming. J'ai rencontré toutes sortes de marginaux : vendeurs de peaux de castors, marchands de bibles itinérants, Indiens parqués dans des réserves, camés, mystiques, illuminés... J'ai dormi à la belle étoile et dans des huttes, crevé de chaud, crevé de froid, mangé du serpent, descendu des rapides et des litres de tequila.

— Waouh !

Ses sœurs buvaient ses paroles.

Melina l'écoutait en tirant sur sa clope.

Ses potes sur le campus étaient deux Blacks et un Frenchie étudiant en mathématiques, guitariste comme lui.

— Pour se faire un peu de blé, on chante dans un *coffee house* : des *folk songs*, des berceuses pour vaches, et aussi du Brassens, que je connais par cœur.

— Pour que le public me voie, je dois grimper en haut d'une échelle, et ma grande trouille, c'est que les garçons qui servent les clients me fichent par terre en heurtant mon perchoir.

Quand Jules les rejoignit un peu plus tard, tout ce petit monde l'accueillit avec le sourire. Ils semblaient heureux de se retrouver rassemblés par la magie du cinéma sous le soleil de l'Adriatique.

*Je compris en voyant ces visages aimés, en croisant ces regards aimants, combien Melina avait raison - qu'importaient les aléas de la production. Que je profite à fond des tournages, seuls moments désormais où je pourrais revoir mes enfants.*

Joe pénétra dans le champ. En face, il y avait Yves Montand dans la peau et le costume de Matteo Brigante, caïd local qui rançonne la population. Dans cette courte séquence, Montand et Joe n'échangeaient pas une seule parole, ils se croisaient et *cut*.

Joe demanda qu'on refasse une prise, il n'était pas satisfait.

— Ce n'est pas grave, dit Jules. De toute façon, tu vas sauter au montage, c'est Yves qui compte.

Joe avait une idée pour enrichir la scène : Montand lui demande du feu, il lui tend son briquet, ils échangent une *joke*, ce serait plus visuel, plus vivant...

Joe insista, Jules s'agaça.

— C'est encore moi qui décide, non ?

— C'était juste pour améliorer la scène.

— Tu es bien gentil, mais je n'ai pas de conseil à recevoir d'un blanc-bec. Tu es là pour apprendre, pas pour diriger.

Montand intervint.

— C'est pas bête, son idée... on peut essayer. C'est quoi, ta *joke*, petit ?

— Vous connaissez l'histoire de l'homme qui tourne la tête ?

— Non.

— Il est derrière vous.

Montand eut l'amusant réflexe de se retourner.

— C'est bon ! dit aussitôt Jules. On la refait.

L'acteur tapota l'épaule de Joe en plissant les yeux dans un sourire qui fit remonter ses pommettes.

— T'es un drôle de numéro, toi...

## 20 août 1959

*Oui, drôle et taciturne, à la fois présent et hors champ, accessible et insaisissable, chaleureux et distant, recherchant la lumière et cultivant ta part d'ombre... Nos routes allaient à nouveau se séparer, et il fallait que chacun en prenne son parti. Ce serait notre lot désormais, un modus vivendi implicitement admis. Nous n'avions pas fini de nous croiser, et peut-être qu'à force, me disais-je, nous finirions par nous trouver. C'était mon vœu le plus cher, en tout cas... Tu me donnas rendez-vous sur un prochain tournage et, comme mon avenir semblait bien incertain, je te conseillai de t'occuper d'abord du tien en bouclant ton master sur les Indiens Hopis. J'étais fier que la chair de ma chair se préoccupe du sort des déshérités, qu'ils fussent blacks, rouges ou hispanos... Sans me répondre, tu retournas vers tes ciels immenses et ton mystère, tandis que je m'évertuais à imposer Melina à des producteurs qui n'en voulaient pas.*

*La Loi* fut un naufrage financier. La faute à la « Lollo », qui n'était pas du tout le rôle. Il aurait fallu une Claudia Cardinale, une Marie-José Nat. Au lieu de faire son mea culpa, le producteur enfonça Melina et demanda à Jules de faire des films sans elle. Jules l'envoya bouler et se retrouva une fois de plus dans le fossé.

Le couple alla se mettre au vert dans le canton de Vaud, comme bon nombre de stars en exil (Charlie Chaplin, David Niven, Audrey Hepburn, Yul Brynner...). Les sœurs de Joe venaient leur rendre visite, se laissant peu à peu apprivoiser par Melina. Dans la vie comme à l'écran, la bourrasque athénienne balayait tout sur son passage. Impossible que le public ne soit pas soufflé à son tour.

*La Cour suprême des États-Unis ayant enfin statué sur mon sort, comme sur celui de dizaines d'autres saltimbanques américains privés de leur passeport, j'allais pouvoir me déplacer à nouveau comme je le souhaitais, sans être soumis à des tracasseries administratives. Je m'étais tellement coulé dans la peau du fugitif que j'eus un peu de mal à me défaire de certains réflexes tels que piquer une suée chaque fois que j'apercevais un uniforme !*

Les Artistes Associés (*United Artists*) se faisaient fort d'assurer le retour en grâce de la brebis galeuse à Hollywood. Ils proposèrent à Jules un contrat pour quatre films. Celui-ci accepta à deux conditions : pouvoir tourner en Europe, et qu'on lui permette de finir un travail qu'il avait commencé avec Françoise Sagan.

On refit les valises. On revint à Paris.

C'était au mois de février ou mars. Chaque jour, l'autrice de *Bonjour tristesse* venait travailler avec Jules dans le grand appartement-bureau que United Artists avait mis à la disposition du réalisateur rue de Rivoli. Avec son bonnet et ses trois écharpes autour du cou, l'enfant terrible des lettres françaises ressemblait à la Petite Sirène d'Andersen.

— Dassin, tu es le seul homme capable de me faire lever à 8 heures du matin, en plein hiver, pour écrire... Bon, où en sommes-nous de ce scénario palpitant ?

— J'ai une sale nouvelle à t'apprendre, Françoise. Nos amis producteurs surpris par la ruine ont jeté l'éponge...

Qu'importe que le projet fût tombé à l'eau, une amitié indéfectible était née.

Désormais, il fallait trouver un autre sujet pour les Artistes Associés. Jules rêvait d'un film sur Fidel Castro et Che Guevara, qui venaient de prendre le pouvoir à Cuba.

— Pourquoi tu ne tournerais pas une comédie, pour changer ? lança Melina au déjeuner.

— Parce que ce n'est pas mon genre, dit Jules.

— Tu as pourtant beaucoup d'humour, réagit Françoise en replaçant sa mèche folle.

— Il n'y a sans doute rien de plus beau qu'une salle qui éclate de rire, acquiesça Jules, mais je ne sais pas provoquer ça. J'apprécie les gags quand les autres en font, les Charlie Chaplin, les Buster Keaton, les Groucho Marx ; je suis aussi très fan du cinéma de Lubitsch. Il n'empêche que pour moi, un bon film ne peut être que noir et se finir tragiquement.

Il cita l'exemple de son ami Nicholas Ray, qui avait réalisé successivement *Johnny Guitare* et *La Fureur de vivre*.

— Lui est resté fidèle à nos idées, il n'a jamais dévié de la voie qu'on s'était tracée. Peut-être l'a-t-il payé cash sur le plan personnel, mais il a signé des chefs-d'œuvre.

— Tu as des idées très arrêtées, et pas seulement concernant ton métier, dit Melina. Raison pour laquelle, à bientôt cinquante ans, tu plafonnes...

— C'est le propre du Blanc américain de vouloir imposer son point de vue au monde entier, déclara Françoise.

— C'est comme ça que vous me voyez, toutes les deux ?

— Un peu, admit Françoise.

— C'est sans doute mon intolérance à l'intolérance qui me rend si...

— Intolérant, acheva Françoise. Melina a raison. Tu devrais la prendre pour modèle. Avec elle, c'est j'aime ou j'aime pas, je ris ou je pleure quand j'en ai envie. Je fais l'amour si ça me chante et je chante quand je suis amoureuse...

— Eh bien, voilà, j'ai trouvé, dit Jules. Écoutez ça. C'est un riche Américain voyageant en Grèce qui rencontre une prostituée au grand cœur. Il essaie d'être son Pygmalion et elle en fait son jouet.

— Une sorte de remake de *L'Ange bleu*, résuma Françoise en grillant une nouvelle cigarette mentholée.

— Non, ce sera beaucoup plus gai, enlevé... Ce sera une sorte de...

— De comédie ! dit Melina.

— Si tu veux, une comédie sentimentale bon enfant avec des chants, des danses, des yeux pochés et des baisers !

— Et en tête d'affiche, vous deux ! renchérit Françoise.

*J'écrivis en huit jours la romance d'Illya, la fille de joie, et d'Homère Thrace, le philosophe américain fasciné par la Grèce antique. Huit mois plus tard, nous tournions* Never on Sunday (Jamais le dimanche) *sur le port du Pirée, dans une ambiance survoltée. J'avais créé ma propre société de production Melina-film. Comme nous manquions de moyens, tous les habitants du quartier apportèrent leur contribution. Tu étais venu nous rejoindre pour une quinzaine de jours. Concentré, perfectionniste, épaulant les techniciens, tu t'étais spontanément engagé à nos côtés, ce qui me toucha beaucoup...*

Comme Jules s'était lui-même attribué le rôle d'Homère, son intention était manifeste : mettre en scène son propre couple, avec ses hauts et ses bas, ses caresses et ses coups de griffe.

Le 20 août de cette année-là, en pleine séance de play-back des *Enfants du Pirée* (la chanson qui allait faire le tour du monde), Melina, au sommet de son art, tira le bouquet final à ce feu d'artifice d'embrassades et d'engueulades.

— Coupez. On n'y est pas encore. On reprend.

— Tu me fais chier, vraiment, tu me fais chier, Dassin...

— Tu n'es pas synchrone!

— Synchrone, qui c'est, synchrone? Je suis grecque. Il faut que je sois libre, et toi, tu me mets les menottes et la camisole.

— Je ne vais quand même pas faire venir un orchestre sur le plateau! Sans play-back, le montage est impossible. Allez, recommence et remue les lèvres en mesure...

— Non, c'est terminé. J'arrête.

— Tu es ridicule!

— Qu'est-ce que tu dis? Viens ici et dis-le-moi les yeux dans les yeux.

— Arrête ton cinéma!

Melina s'approcha et se planta devant Jules, qu'elle dominait de la tête et des épaules.

— Celle-là, c'est du cinéma !

Elle lui asséna une telle gifle que Jules partit à la renverse devant toute l'équipe, estomaquée. Melina l'aida à se relever, et tous deux commencèrent à se dandiner bizarrement, secoués par un fou rire irrépressible.

L'ingénieur du son brancha le play-back et relança la rengaine de Manos Hadjidakis, que Melina se remit à mimer sans la moindre erreur en esquissant quelques pas de sirtaki.

## 20 août 1960

*Si j'étais mort au même âge que toi, mon fils, je n'aurais jamais connu Melina. J'aurais eu une vie sentimentale sage, rangée, et une carrière aux débuts prometteurs brisée net par le maccarthysme. À trois années près, je serais passé à côté du grand amour et d'un succès planétaire.*

À Cannes, *Jamais le dimanche* plut à la critique autant qu'au public. Le jury présidé par Georges Simenon provoqua un scandale en décernant sa Palme d'or à la *Dolce Vita*, de Federico Fellini, et Melina remporta le prix d'interprétation féminine ex æquo avec Jeanne Moreau pour *Moderato cantabile*. Ce film de quatre sous avait décroché le gros lot. Une fête mémorable s'ensuivit, dans l'immense salle de réception de l'Ambassador transformée en taverne du Pirée. Cinq cents invités ayant tombé le smoking dansèrent, chantèrent, brisèrent verres et assiettes, chauffés à blanc par une Melina virevoltante.

À quarante ans, l'égérie de Jules Dassin en qui personne ne croyait venait du jour au lendemain et sur un coup de poker d'accéder au statut de super star internationale. « Une Anna Magnani blonde », titrait le *New York Times*. « Un mélange de Carole Lombard et de Greta Garbo », jubilait le *Washington Post*. Les Américains en étaient fous. Elle se mit à crouler sous les propositions et, comme elle ne voulait tourner qu'avec son cher Jouli, celui-ci bascula lui aussi dans une autre dimension.

*Ni l'un ni l'autre n'étions bien sûr préparés à un tel triomphe. Lorsqu'on a fini par se résigner à l'échec et que, soudain, des queues monstres se forment devant l'entrée des cinémas qui affichent DASSIN-MERCOURI, LE DUO DU SIÈCLE en lettres géantes, il y a de quoi perdre la raison, c'est humain. Nous nous laissâmes délicieusement submerger par ce tsunami d'honneurs et d'émotions.*

De l'autre côté de l'océan, coupé du monde dans sa réserve d'Indiens de l'Arizona, Joe fut épargné par ce séisme. Sans doute était-ce mieux ainsi. Avait-il sciemment choisi de s'effacer pour mieux se protéger du succès paternel et pour continuer à construire sa propre personnalité sereinement ? Pas sûr. Ce film lui tenait à cœur autant qu'à Jules et Melina. Lorsqu'il apprit leur consécration, il ressentit une joie et une fierté légitimes. Son père tenait sa revanche sur McCarthy et sa clique d'empêcheurs de tourner en rond qui n'avaient pas réussi à le faire taire.

De retour à Ann Arbor, Joe organisa une fiesta avec l'oncle Hachich et la tante Corona, tout ce qu'il faut pour vous mettre la tête à l'envers, petit jeu dans lequel Joe était déjà passé maître, le seul ou presque à pouvoir assister debout sur ses jambes au lever du soleil.

C'était l'époque de la Beat Generation. Joe lisait Kerouac, Ginsberg, Salinger, Hemingway. Il participait à des sit-in de protestation avec ses copains étudiants chaque fois qu'une « peau de boudin », qu'un « sale négro » se faisait virer d'un dancing ou d'un restaurant.

Cet été-là et le suivant, père et fils ne se croisèrent guère. Joe approchait de la fin de son cursus universitaire lorsqu'il dut, conformément à la loi, se présenter devant les autorités militaires des États-Unis. Ses amis européens avaient déjà rejoint la France ou la Suisse.

Jules courait alors d'hommage en mondanité, de radio en télé, de salle d'attente d'aéroport en bar d'hôtel cinq étoiles, n'en finissant pas de savourer ce moment dont il savait qu'il ne durerait pas.

Nommés aux oscars dans la catégorie « Meilleure musique de film » et « Meilleur scénario », Jouli et Melina s'embarquèrent à Cherbourg sur le *Queen Elizabeth II*. Tandis que Jules faisait viser son passeport flambant neuf pour l'Amérique, un tampon s'abattait lourdement sur le dossier médical de Joe qui venait d'être dispensé de son service national après avoir refusé de se dénuder devant le conseil de révision en poussant des cris de hulotte. Classé psychotique de niveau 4 présentant un danger potentiel pour la défense nationale, il fut aussitôt rendu à la vie civile.

Le 20 août, Béa, qui donnait un concert au Madison Square Garden, vint accueillir le couple mythique à la descente du paquebot. Sur le quai de New York, bonne joueuse, elle félicita Melina et enlaça Jules avec tendresse. Mieux que quiconque, elle savait combien longue avait été la route qui mène à la gloire. Et qu'importe qu'elle n'ait partagé avec son bientôt ex-époux que les moments de doute, de rage et de colère…

*Elle n'était ni jalouse ni rancunière. Sa réussite, notre réussite, c'étaient nos trois enfants, et d'avoir su passer en douceur du statut de mari et femme à celui de frère et sœur. Je pris de tes nouvelles et Béa me raconta tes péripéties militaires en apportant des précisions sur la véritable raison de ta réforme.*

*— Figure-toi qu'ils lui ont trouvé un souffle au cœur.*

*— Aucune importance, ils m'ont déjà fait le coup et tu vois, à cinquante balais, je pète le feu. Et puis, si ça peut lui épargner d'aller se faire massacrer au Vietnam…*

# 20 août 1961

— Tu penses que c'est une mauvaise idée ?

— Je ne sais pas, Jules, dit Françoise Sagan. Tu en as parlé à Melina ?

— Pas encore. J'attendais ta réaction.

— Le rôle de Phèdre est taillé pour une tragédienne, non ?

— Elle peut tout faire.

— Sans doute, mais passer abruptement des mésaventures d'Illya qui a fait rire aux larmes le public à cet atroce fait divers d'Euripide...

— Fait divers, comme tu y vas... C'est la quintessence du génie grec, tout de même !

— Oui, oui... sans doute.

— Par ailleurs, n'oublie pas que j'adapte ça à notre époque. Melina incarnera une Phèdre du XXe siècle. La chute des dieux et des rois d'aujourd'hui, voilà ce qui m'intéresse. Et qui sont-ils, ces dieux et ces rois ? General Motors, IBM, les marchands d'armes, ces gens qui bâtissent des empires à coups de pétrodollars ! Et en face, il y a nous avec nos palais de verre, nos châteaux de cartes... Thésée sera un riche armateur grec et son fils Hippolyte, un élève de l'école des Beaux-Arts...

— As-tu une idée de qui interprétera Hippolyte ?

— Non.

— Anthony Perkins est à Paris pour jouer dans *Aimez-vous Brahms...* Je peux vous présenter.

*Le tournage de* Phaedra *à Hydra, l'une des îles les plus attachantes de Grèce, paradis des pêcheurs d'éponges, dans une villa de rêve, aux murs et au mobilier blancs, donnant sur trois terrasses tout aussi blanches, fleuries d'achillées et de centaurées, face au bleu de la mer Égée, fut un enchantement.*

Melina avait succombé au charme du languide Anthony, ce qui ne pouvait que satisfaire le metteur en scène exigeant qu'était Jules. L'époux, lui, ne paniquait pas. Croyez-vous qu'il fût jaloux ? Pas du tout. Il imposa au contraire une scène charnelle contre l'avis de la production et des techniciens eux-mêmes, qui la jugeaient trop hot et sans intérêt dramaturgique. Simplement, ce plan excitait Melina. En grand professionnel qui en a vu d'autres, Anthony ne trouva rien à redire. Jules fit pas moins de dix prises, toutes plus torrides les unes que les autres, Melina, jamais rassasiée, ne cessant d'implorer « encore une... encore une ». À la fin de la journée, « Tony » étant allé piquer une tête, Melina confia son dépit à Jules. « Rien ! Même pas ça, dit-elle en montrant la moitié de son petit doigt. Une chiffe. Un mollusque ! » Ce n'est qu'un peu plus tard, en surprenant son partenaire en train d'embrasser avec fougue le second assistant derrière un buisson de genévrier, qu'elle comprit, et n'en aima que davantage l'interprète de *Psychose.*

Entre la fin du tournage de *Phaedra* et le début des répétitions de *Flora* au Théâtre des Variétés à Paris, Jules vit Joe entre deux portes, ou plutôt entre deux claquements de porte de Melina.

— Jouli, j'en ai assez. J'arrête. Voilà cinq fois que je tombe morte, étranglée. J'en ai marre, marre, marre. J'étouffe !

— Si tu arrêtais de fumer...

— Je ne vois pas le rapport. Je te l'ai déjà dit, je veux que tu m'écrives une autre comédie... Je n'ai pas raison, Joe ? Essaie d'expliquer ça à ton père, moi, je ne sais plus quels mots employer. Je sors prendre l'air avec ma cigarette.

— Elle semble épuisée.

— Oui, elle ne peut plus faire trois pas dans la rue sans qu'on la reconnaisse. Elle dit qu'elle était bien plus heureuse avant et, en même temps, elle a peur que cela cesse. Alors il faut bien travailler, relancer constamment la bille dans la roulette. Et ton master, il avance ?

— Il est fini.

— Très bien. Te voilà enseignant. Un beau métier.

— Ce n'est pas forcément ce qui m'attire.

— Écoute, Joe, tu sais ce que j'en pense. On en a déjà discuté.

— J'ai publié plusieurs nouvelles dans la revue de l'université... L'une d'elles a été primée.

— Tu veux dire que tu as reçu un prix littéraire ?

— C'est sans importance.

— Pas du tout ! Je te félicite. Tu me feras lire.

— Si tu veux.

— On se voit toujours en coup de vent. Il faudrait qu'on prenne un peu de temps pour discuter, toi et moi. Viens dîner ce soir. Attends, quel jour sommes-nous ?

— Le 20 août.

— Ah ! non, pas ce soir, nous sommes invités chez les Malraux. Passe demain.

— Non, demain, je vais à Berlin avec un copain allemand pour manifester contre la construction du mur de la honte. Ensuite, je rentre en Amérique.

— Alors, la prochaine fois, préviens-moi un peu tôt, qu'on fasse les choses bien.

— D'accord.

— Fais attention à Berlin, gamin.

— Je ne suis plus un gamin. Maintenant il faut choisir son camp, papa, je ne dis pas cela seulement pour toi, mais pour tous ceux que tu côtoies... Moi, je suis résolument à l'ouest.

*Contrairement à moi, tu avais toujours été très discret sur tes opinions politiques, il me semblait même que ton désengagement était une réaction à mes prises de position souvent radicales. Et voilà que, soudain, tu osais m'affronter en face, sur mon terrain qui plus est, en me faisant la leçon... Poussé dans mes retranchements, j'encaissais sans broncher. Entre le fiasco du débarquement américain dans la baie des Cochons pour renverser Castro et la construction de ce mur à Berlin, je ne savais plus trop à quoi m'en tenir. Tu n'avais pas seulement mis le doigt sur un point douloureux : communiste, oui, mais jusqu'où ? – un dilemme qui embarrassait bien des intellectuels de gauche ; tu avais aussi pointé l'une de mes grandes contradictions : j'étais un rebelle qui rêvait pour son fils d'une vie bien rangée.*

## 20 août 1962

Épouvantable été 1962, marqué par le suicide présumé de Marilyn Monroe. La première réaction des studios avait été : « Il va falloir nous trouver une autre blonde, rapidement. » Melina, qui aimait beaucoup Marilyn, en fut affligée. « Pour qui ils nous prennent, au juste ? Des poupées Barbie ? »

Elle se réveillait en pleine nuit, inondée de sueur.

— Jouli... Jouli... Je vois la Mort. Elle est là... Elle arrive.

Elle maigrissait, s'étiolait. Elle n'avait plus d'énergie. Elle voyait tout en noir. La pièce de théâtre, la tournée de promotion de *Phaedra* et le tournage d'un film de guerre américain avaient eu raison de ses faibles forces. On lui diagnostiqua une pleurésie.

*Rongé par la culpabilité, je ne quittais pas son chevet, essayant de lui faire manger un peu de moussaka, et surtout me bagarrant pour qu'elle arrête de fumer. C'était la première fois qu'elle tombait malade, et elle ne comprenait pas.*

— Qu'est-ce qui m'arrive ? Jouli, qu'est-ce que j'ai... ?

— Tu as trop tiré sur la corde, ton corps a lâché. C'est la rançon de la gloire.

— Se retrouver au lit, à Paris en plein mois d'août, un thermomètre dans le cul, si c'est ça, la gloire. Alors, s'il te plaît, aide-moi à en finir !

L'homme qui rêve est un dieu, celui qui réfléchit, un mendiant. Jules aurait pu se faire tatouer sur l'avant-bras ce haïku germanique. Il réfléchissait trop. Et, comme chaque fois que son cerveau bridait son instinct, rien ne se passait comme il fallait. Non, il n'aurait pas dû tourner *Phaedra*, en tout cas pas comme ça... Mais, surtout, il n'aurait pas fallu qu'il enchaîne avec *Flora*, ce mauvais vaudeville qui finissait en drame. Il en faisait trop, et il le faisait mal. Au lieu de mettre en valeur Melina, il faillit la tuer.

## 20 août 1963

— Ne bougez plus, les enfants !

Melina appuya sur le bouton de son Polaroid, attendit quelques secondes, tira sur la languette, libérant le réactif alcalin, et instantanément chacun put contempler la photo aux teintes lumineuses de Joe et de ses sœurs sur les toits de la basilique Sainte-Sophie, avec en arrière-plan les six minarets de la mosquée bleue.

Joe resplendissait. Après sept années passées en Amérique, il était persuadé de deux choses : sa place était en Europe, et il se sentait beaucoup plus artiste qu'enseignant. Il parlait de s'établir à Paris, où il continuerait à écrire des nouvelles pour des magazines américains tout en faisant l'acteur.

— N'ai-je pas raison, papa ?

— Tu es un excellent acteur, Joe, et si ça n'avait pas été le cas, je ne t'aurais jamais engagé sur *Topkapi*.

*Cette histoire de hold-up ingénieux, pétillant et burlesque inspiré des meilleures comédies policières de mon maître Hitchcock me fournissait l'occasion rêvée d'évoluer. Il n'y a que les imbéciles qui ne changent jamais d'avis. En passant du noir et blanc à la couleur, en acceptant de me pasticher moi-même, j'entendais bien tordre le cou une fois pour toutes à mon étiquette de cinéaste intello et ennuyeux. Quant à Joe, j'avais choisi de ne pas le braquer.*

Ce 20 août-là, le temps paraissait suspendu. Chacun semblait à sa juste place. Dans la chaleur de la pause déjeuner, Jules se déplaçait sur les toits brûlants, l'œil collé à son viseur, cherchant les meilleurs angles. Melina avait le visage émacié, ce qui accentuait encore son exophtalmie, la faute à cette vilaine pleurésie dont elle n'était pas encore tout à fait guérie.

Elle se félicitait d'avoir forcé Jouli à faire ce film. Pourtant, elle avait dû batailler.

— Dès que son métier de réalisateur est en jeu, votre père se raidit. Il ne croit qu'aux films qui dénoncent, protestent, égratignent. En même temps, il adore entendre rire le public. Mais après, je ne sais pas pourquoi, il a un peu honte. Nous avons eu des mots à ce sujet, et je lui ai fait de longs discours sur la valeur sociale de la distraction.

— C'est pas mal, ça, dit Joe. La valeur sociale de la distraction !

— Tu n'es pas d'accord ?

— Si, tout à fait.

— Vous parliez de moi ? demanda Jules en venant s'asseoir à côté d'eux.

— Je leur disais que tu avais eu raison de m'écouter. Tu es plus joyeux, plus détendu.

— Je suis toujours joyeux et détendu, même si ça ne se voit pas.

Il avait refait le *Rififi* en moins sombre. Une bande de sympathiques cambrioleurs s'introduisent par le dôme du musée Topkapi d'Istanbul pour y dérober une dague incrustée d'émeraudes sans faire couiner les sirènes d'alarme. L'astuce consiste à faire descendre un acrobate attaché par les pieds à une corde qu'un complice costaud tient à bout de bras. Prouesse technique et suspense assuré.

— Ce que j'aime, c'est innover, prétendit Jules, faire des trucs que les autres n'ont pas faits. Ce qu'on retiendra de ce film, c'est l'idée d'un cambriolage vertical et comment je l'ai filmé.

— Et moi, dit Melina, on m'oubliera.

— Je ne voulais pas dire ça. Excuse-moi.

Melina piqua une clope à Joe.

Elle tira une longue bouffée et se remit à tousser.

Les filles l'observaient, perplexes, amusées.

— Je ne suis pas certaine de vouloir finir ma vie dans la peau d'une vieille actrice.

— Toi, tu ne seras jamais vieille, la rassura Joe.

— Oh, ça arrive plus vite que tu ne crois. Je n'ai déjà plus la même tête chaque matin dans la glace... De toute façon, être belle, ça ne m'a jamais vraiment intéressée.

— Mais que voudrais-tu faire à la place ? demanda Jules.

— De la politique. Comme mon grand-père, comme mon père...

La Turquie l'avait déçue. Elle avait hâte de rentrer chez elle.

— À Athènes, dans les tavernes, dans les rues, on chante sans arrêt. Ici, les cafés sont d'une telle tristesse : les gens mangent et boivent en silence. Et ces pauvres ouvriers obligés de porter des tuiles sur le dos. Par contre, quand ils assistent à des matchs de foot ou qu'ils font se battre des chameaux, ils perdent toute mesure. Il faudrait pouvoir changer ça.

À cet instant, Peter Ustinov, suant à grosses gouttes, les rejoignit. Le visage de Melina s'assombrit d'un coup.

— Je vous cherchais partout, dit Peter.

— Pas de chance, tu nous as trouvés ! rétorqua Melina avant de se carapater.

— Une Grecque qui file à l'anglaise, c'est mauvais signe, plaisanta Peter. Qu'est-ce qu'elle a ?

— Tu as dit toi-même qu'elle manquait totalement d'humour, dit Jules.

— C'est vrai. Pour qu'elle rie à une blague, il faut qu'on la lui explique.

— Tout dépend de la blague, objecta Joe.

— Moi, il y a des choses qui ne me font vraiment pas rire, dit Jules. Par exemple, quand tu racontes qu'elle a fait de moi son esclave.

— Ce n'est pas te faire insulte que de suggérer que, peut-être, tu réaliserais de bien meilleurs films si tu n'étais pas entièrement voué à Melina. Cela se produit souvent, je crois, lorsque le mari et la femme travaillent ensemble.

— Comme Josef von Sternberg et Marlene Dietrich, Fellini et Giulietta Masina, Rossellini et Ingrid Bergman...

— Ce sont les exceptions qui confirment la règle.

— Je te remercie, Peter. Grâce à toi, j'ai découvert que je n'étais pas exceptionnel.

— J'espère que tu ne m'en voudras pas pour ma franchise. Je t'aime beaucoup, Jules. Tu as un grand talent.

— Je t'aime aussi, Peter.

Jules regarda sa montre.

— Bon, on a un film à finir, les amis, sans doute pas mon meilleur, mais qui devrait plaire au public.

## 20 août 1964

*Topkapi* fut le plus gros succès commercial du tandem Dassin-Mercouri après *Jamais le dimanche*. Ils avaient su toucher à nouveau le cœur des gens, faire en sorte qu'ils retrouvent leur âme d'enfant. Plus tard, Jules allait apprendre que beaucoup de gamins de cette époque se fabriquaient des cabanes dans les arbres pour rejouer la scène du cambriolage vertical.

*Je n'avais guère de contact avec toi, mais je ne te perdais pas de vue. Et, à quoi bon le nier, je continuais à être inquiet pour ton avenir. Si je condamnais la méthode, j'usais de ma notoriété pour t'aider à décrocher des petits rôles. Les cachets que tu toucherais te rapporteraient sûrement plus que tes piges littéraires.*

Après avoir donné la réplique à Eddie Constantine, Joe, recommandé par son père à son insu, avait joué dans *Lady L.*, de Peter Ustinov, aux côtés de Paul Newman et Sophia Loren. En douce, Jules appelait Peter pour se tenir au courant de l'évolution de son rejeton, s'attirant des réponses cash :

— Je lui ai dit que s'il voulait se faire une place dans le ciné, il allait falloir qu'il déboulonne la statue de son commandeur de père !

— Tu as eu raison, Peter. Mais d'abord, j'aimerais qu'il puisse payer son loyer. Il se sentira plus indépendant, et moi aussi !

Jules s'était ensuite débrouillé pour que Joe obtienne une place d'assistant réalisateur sur *Quoi de neuf, Pussycat ?*, d'après un scénario de Woody Allen, avec Peter O'Toole et Peter Sellers. À quarante ans, Sellers, qui venait de triompher successivement dans *La Panthère rose* et *Docteur Folamour*, fascinait Joe par ses talents de transformiste et sa capacité à se couler dans la peau de n'importe qui, homme, animal, insecte ou plante verte. Issu d'une famille de comédiens, il avait dû se bagarrer pour devenir acteur, son père estimant qu'il n'en avait pas l'étoffe – c'est à peine s'il avait les moyens d'être balayeur, disait-il.

— Tu vois ce que je veux dire ? lança-t-il à Joe dès leur première rencontre. Avec un père follement intelligent, on ne peut qu'être intelligemment fou !

Sellers avait mis le jeune homme dans sa poche par ses formules à l'emporte-pièce et ses imitations impayables. Quant à Woody, de trois ans l'aîné de Joe, c'était déjà une vedette du stand-up très respectée dans le milieu des *gagmen*. Joe était à bonne école.

À l'été 1964, Jules apprit que son fils ne vivait plus seul. À peine rentré de Turquie, il s'était rendu à un bal masqué organisé par les Artistes Associés au pavillon d'Armenonville pour fêter la sortie d'*Un monde fou, fou, fou, fou*, de Stanley Kramer.

*En fait, l'invitation m'était destinée, mais, n'étant pas en mesure de l'honorer, j'avais voulu t'en faire profiter. Les voies du Seigneur sont impénétrables. Celles de Cupidon aussi.*

— En quoi était-il déguisé ? demanda Jules.

— En pirate des Caraïbes, répondit Béa à l'autre bout du fil. Il a déniché un costume aux studios de Boulogne, sans jambe de bois car pas très commode pour danser, et il est tombé amoureux de la pucelle d'Orléans qui filait sa quenouille près d'un des nombreux buffets...

— Le capitaine Crochet qui emballe Jeanne d'Arc, tu parles d'un conte de fées !

— Ou Jeanne d'Arc qui séduit Crochet, je n'ai pas eu beaucoup de détails, sauf qu'ils sont aussi timides l'un que l'autre.

— Et à part ça ?

— Il fait son chemin au cinéma... grâce à toi.

— Pour draguer les nanas, ça aide, le cinoche, surtout lorsqu'on est timide et complexé. Et où habitent nos deux tourtereaux ?

— 218, boulevard Raspail. Si tu passes dans le coin...

— J'attendrai qu'il m'invite.

— Tu sais bien qu'il ne le fera pas.

— Je ne vois pas pourquoi.

— C'est pourtant facile à comprendre. Tu peux aussi le croiser au jardin du Luxembourg. Il lui arrive de jouer de la guitare sur les pelouses avec sa bande.

— Et elle fait quoi, cette Jeanne d'Arc ?

— Je sais juste que sa meilleure amie est secrétaire dans une maison de disques. Joe a passé une audition, ils ont trouvé qu'il avait une voix super sexy et lui ont proposé d'enregistrer un 45 tours.

— Et toi, que deviens-tu ?

— Je prépare le festival Pablo Casals, comme tous les ans. Tu veux que je vous réserve des places ?

— Merci, ma chérie, mais je dois rejoindre Melina à Athènes.

— Comment va-t-elle ?

— Des hauts et des bas. En juillet, elle tournait en Espagne, à Cadaqués, dans une adaptation d'un roman français : *Les Pianos mécaniques*. Figure-toi qu'elle a fait la connaissance de Salvador Dalí et qu'il est encore plus fou que dans ses interviews.

— Tu l'embrasseras pour moi.

— Dalí ?

— Non, Melina.

— Je crois qu'elle en a marre de jouer tout et n'importe quoi... Elle est préoccupée par la situation à Athènes, qui n'a cessé de se dégrader depuis l'assassinat de Grigoris Lambrakis...

— Qui est-ce ?

— Un député de gauche, athlète et médecin.

— Il s'agit d'un assassinat politique ?

— Sans doute. La démocratie se meurt. Tout cela est dramatique, et Melina voudrait faire quelque chose pour son pays. On s'est d'ailleurs engueulés. Mais ce serait trop long à t'expliquer. Bon, je te laisse, j'ai un rendez-vous au Select.

Jules sortit, la tête pleine non des paroles qu'il venait d'échanger avec Béa, mais de la dispute qu'il avait eue avec

Melina. Elle voulait s'installer en Grèce, monter sa propre maison de production et soutenir des films militants. Jules l'avait très mal pris. Elle n'avait aucune idée de ce qu'était un film politique ! Elle allait se planter dans les grandes largeurs et fiche sa carrière en l'air. Alors elle était partie dans un grand rire offusqué.

— Ils ont tué Lambrakis, Dassin, et toi, tu me parles de ma carrière ? Que pèse ma petite personne au regard du sort de mon merveilleux pays ? Il faut sauver la Grèce, il faut sauver Athènes avant qu'il soit trop tard...

Perdu dans ses pensées, Jules franchit les grilles du Luxembourg sans s'en rendre compte. Il était 3 heures de l'après-midi. Un énorme cumulus à la panse pleine de grésil menaçait de blanchir tout le quartier Latin. On entendait craquer le tonnerre.

Il chercha à apercevoir Joe sur les pelouses derrière le Sénat, puis, les premières gouttes s'écrasant sur son imper, il quitta le jardin et prit la rue Vavin tandis qu'un déluge s'abattait sur Paris.

## 20 août 1965

Melina fascinait les hommes aussi bien que les femmes. Sa nature plus que son physique y était pour beaucoup. Ses colères et ses fous rires vous prenaient toujours de court. « Elle n'est pas sortable », s'excusait souvent Jules dans les dîners officiels. Dans la vraie vie, en dehors de la scène ou des plateaux, elle était très malheureuse parce que incapable de tricher. C'était une actrice qui ne savait pas jouer la comédie, raison pour laquelle Jules voulait qu'elle se tienne à l'écart de la politique.

*En ce 20 août 1965, je me trouvais en compagnie de Melina, Romy et Marguerite, assises sur les marches d'un dancing espagnol au soleil couchant. Au-dessus d'elles brillait l'enseigne du club de flamenco où se déroulait la scène finale de* Dix heures et demie du soir en été. *J'étais très inquiet pour Melina. Je n'aurais jamais dû lui offrir pour son anniversaire les droits d'adaptation du roman de Marguerite Duras qui lui avait tant plu. Ce rôle de femme à la dérive, déçue par l'amour, qui se réfugie dans l'alcool lui tenait certes à cœur, mais était-il bien sage qu'elle s'enferme un peu plus en elle-même à un moment où elle perdait pied ?*

Quelques semaines plus tôt, il y avait eu l'affaire des *Pianos mécaniques*, son précédent film également tourné en Espagne. Une aventure dans laquelle Melina s'était impliquée au-delà du raisonnable, entrant dans la peau de Jenny, la barmaid androgyne, avec une telle détermination qu'elle en avait émergé en miettes.

À la sortie du film, les déclarations ordurières d'Henry-François Rey, l'auteur du roman, l'avaient profondément meurtrie. « Si Melina Mercouri n'est pas désagréable dans la vie privée, on pourrait la comparer à une poubelle quand elle joue la comédie. » Depuis lors, elle ne cessait de se flageller : « Rey a raison... Comment tu n'as pas senti tout ça, Jouli ? C'est ton métier, merde, de voir si on est bon ou pas bon ! Comment tu peux m'aduler depuis tant d'années ? Il faut être complètement maso et miraud ! Je joue tout mal. Je vis tout mal. J'ai très peur de rester seule avec moi-même. Tous les hommes pensent que je suis un bon coup, mais je suis le pire plan de la terre. Ça m'ennuie d'être Melina Mercouri. Elle m'emmerde, cette lamproie qui s'accroche à moi !!! »

*Il y avait toujours eu des hauts et des bas. J'étais habitué à ces brusques changements d'humeur. Moi-même, de sang slave, je pouvais être sujet à ces brutales variations d'amplitude. J'avais toujours cherché à être pour elle un stabilisateur. Et elle m'en avait souvent rendu grâce. Mais là, je ne trouvais plus comment l'aider à se tenir droite.*

Il s'approcha des trois femmes qui papotaient innocemment, plongées dans d'épaisses volutes de fumée, tandis que le soleil disparaissait à l'horizon et que les projecteurs s'allumaient.

— Quel fond de teint ? disait Melina. Je n'en mets jamais...

— Mais comment fais-tu pour avoir une peau pareille ? s'étonnait Romy Schneider.

— Je m'appelle Melina, ce qui veut dire « miel » en grec. C'est ça, mon secret, le miel des abeilles d'Épidaure. Tu devrais essayer.

Derrière ce badinage de façade se cachait un malaise profond que Marguerite se plaisait à entretenir, à accentuer, dont elle faisait son miel noir.

*J'avais appris à connaître Duras pendant ces quelques semaines passées à écrire le scénario dans une suite du George-V qui était devenue notre « pied-à-terre parisien » à présent que nous résidions en Suisse. En découvrant Melina, au saut du lit, la bouche amère, s'enfilant son premier bloody mary à 9 heures du matin, Marguerite avait trouvé son interprète idéale, celle qui saurait le mieux traduire ses angoisses et ses démons. Dans la débine la plus totale, Melina était sublime.*

— Jules, annonça Marguerite, j'ai encore fait des retouches.

Il jeta un œil aux notes qu'elle lui tendait.

— Non, trancha-t-il, je préfère qu'on s'en tienne au roman. Et qu'on arrête l'alcool pendant les prises.

— Alors plus la peine de continuer, dit Melina. Je suis incapable de jouer le rôle d'une alcoolique en buvant de l'eau. C'est possible quand on est une actrice. Mais moi, tu sais bien que je ne sais pas jouer.

— Elle a raison, dit Marguerite. Ne jouons plus.

Jules croisa le regard perdu de Romy. Elle adorait Melina, mais pas pour les mêmes raisons que Duras.

— Alors, qu'est-ce qu'on fait ? dit-elle.

— On va improviser, répondit Melina. Viens, ma belle, tout va bien se passer.

À minuit, Jules regarda les rushs. La scène fonctionnait à merveille. Melina se fondait complètement dans le personnage de Maria. Elle avait même réussi à mettre en valeur Romy. Melina s'était approchée sans bruit. Elle passa les bras autour de lui, il sentait ses larmes couler dans son cou.

— Jouli, pardonne-moi...

— De quoi ? D'être une merveilleuse tragédienne ?

— Cet art exige de la jeunesse. Regarde cette petite Romy. Elle a l'avenir devant elle. Ce qui ne signifie pas qu'elle sera heureuse. Elle attend tellement de ce métier... Moi, j'en ai fait le tour. Je ne vais pas me cramponner. Mais j'aimerais sortir avec panache. Pas comme un déchet.

— Veux-tu m'épouser ?

Le même jour et peut-être à la même heure, à Paris, Joe s'entendit faire la même proposition par Maryse, désireuse d'officialiser leur liaison après un an et demi de vie commune. Ils étaient allés écouter leur nouvel ami Boby Lapointe au Port du Salut, près du Panthéon, et la soirée s'était prolongée plus que de raison, comme souvent avec Joe qui, lorsqu'il se sentait en bonne compagnie, ne voyait pas au nom de quoi on aurait dû briser un moment de liesse.

Il était 5 heures, Paris ouvrait un œil et Joe avait une faim d'ogre. Il proposa de continuer les festivités boulevard

Raspail. Il allait leur préparer son fameux poulet aux quarante gousses d'ail dont ils lui diraient des nouvelles. Les uns et les autres déclinèrent poliment l'invitation, sauf une chanteuse américaine de passage à Paris dont il avait fait la connaissance chez CBS, la firme de disques où travaillait Catherine, la copine de Maryse, grâce à qui Joe avait signé un premier contrat pour trois 45 tours. Maryse dit qu'elle avait sommeil et que ça suffisait comme ça. Elle héla un taxi. Durant tout le trajet, Joe et la chanteuse folk qui logeait dans un petit hôtel à deux pas de chez eux échangèrent des calembours en anglais, vautrés sur la banquette en cuir tandis que Maryse, nez collé contre la vitre, sentait la rage l'envahir. Le taxi se gara devant l'hôtel. La chanteuse dit qu'elle n'avait pas la clé ni le code et demanda à Joe de l'accompagner pour lui servir d'interprète. Joe proposa à Maryse de rentrer à pied. Il arrivait tout de suite. Trois heures plus tard, toujours pas de Joe. Maryse déboula à l'hôtel et, après avoir frappé à toutes les portes, réveillant les clients, elle finit par débusquer Joe. Sa main partit toute seule. Puis vint l'ultimatum :

— Joe, tu as un mois. Soit tu m'épouses, soit tu ne me revois plus.

Joe feignit l'ahurissement.

— Écoute, j'étais soûl, ça arrive, enfin, à moi ça peut arriver. Pour toi, un verre est fait pour y tremper les lèvres, et moi pour y noyer mon angoisse ! Tu sais comme je flippe quand je sors un disque ? C'est mon troisième essai, et rien ne se passe. Je pense que je vais casser mon contrat chez CBS et arrêter la chanson... Je dirai que je suis devenu aphone.

Maryse demeura inflexible.

— Moi, je crois en toi. Ça va finir par arriver. *Guantanamera* t'a fait remarquer...

— Oui, sauf que Nana Mouskouri la chante aussi et que c'est sa version qui séduit le public. Moi, je n'arrive à rien. J'en ai parlé avec Francis, le disquaire de la rue de Rennes. Je n'ai pas le profil de Johnny Hallyday, encore moins celui de Dick Rivers. Mon cœur de cible, ce sont les pousseuses de landaus qui se pâment devant la variété souriante et romantique. Je t'en ficherai, moi, de la chanson nunuche... Si j'étais pas le fils de mon père, personne ne me prêterait attention et tu ne m'aurais jamais rencontré.

— Un mois, Joe. Mais tu as peut-être raison : à ta place, je ne me marierais pas !

## 20 août 1966

*Nous nous mariâmes à quelques mois d'intervalle. Aucun de nous deux ne jugea utile d'inviter l'autre.*

Melina consentit à prendre Jules pour époux le 18 mai à l'hôtel de ville de Lausanne avec pour témoins Maître Roland Steiner, avocat à Genève, et sa femme.

Un peu plus tôt, le 18 janvier, Joe s'était laissé passer la bague au doigt par Maryse à la mairie du XIVᵉ arrondissement de Paris, entouré de sa mère et de ses sœurs.

Au bord du Léman, Melina accepta de faire quelques photos et déclara à la presse :

— Vous savez, je suis une véritable gitane. Je n'aime que ma liberté et un seul homme : Dassin. Pas seulement pour ses yeux bleus, je l'aime pour tout ce qu'il est. Alors il va falloir qu'il me supporte encore un peu. Je serai une épouse remuante...

— Ce sera surtout votre argent qui séjournera en Suisse ! lança avec humour un journaliste valaisan.

— Tout ce que rapporte un projet sert à financer le suivant.

Jules et Melina passèrent leur nuit de noces au Grand Palace de Lausanne.

Le lendemain, Jules se leva comme d'habitude à 6 heures du matin et mit sur la platine *Potemkine*, de Jean Ferrat, que Joe lui avait offert pour ses cinquante-cinq ans.

Quand Melina apparut, il lui annonça sans lever les yeux qu'il tournerait son prochain film sans elle. Un documentaire sur la situation des Noirs en Amérique où elle ne pouvait tenir aucun rôle. Mais avant cela, ils allaient s'établir quelque temps à New York, car on lui proposait d'adapter la romance d'Illya et d'Homère sur les planches de Broadway.

Sa nuit de noces, Joe l'avait passée dans les toilettes d'un restaurant russe de la rue Lauriston où, après avoir englouti une quantité impressionnante de vodka, il s'était barricadé. Enfermé à double tour, il chantait à tue-tête des chansons paillardes tandis que sa mère, ses sœurs, sa fraîche épouse et les membres du personnel se succédaient pour le supplier de sortir. Finalement, la porte s'ouvrit et un Joe hagard et titubant rejoignit le monde des vivants.

Un taxi les déposa devant le 218, boulevard Raspail. Il ne restait plus qu'à gravir les cinq étages sans ascenseur, un vrai calvaire pour Béa et Maryse, qui le soutenaient par les aisselles.

Le lendemain, Joe fut réveillé par les gargouillements de la machine à café. Il jura que, durant les dix ans à venir, il ne boirait plus une seule goutte de vodka. Puis il prit sa guitare et se mit à fredonner :

*J'me suis marié avec une fée qui fait le café comme pas deux*
*Et dire que j'ai failli tout fiche en l'air*
*La vie à deux, c'est du tonnerre*
*Que demander de plus au bon Dieu ?*

— Allez, madame Dassin, avec moi !

Il s'excusa pour la veille. À présent qu'il avait enterré sa vie de garçon, il se sentait prêt pour tracer une belle route avec Maryse. Parole !

— Parole et musique ! dit-elle.

— Si on arrive à accorder nos violons.

Le téléphone sonna. Maryse alla répondre. La conversation dura moins de dix secondes.

— C'était Jacques Plait. Il t'attend à 15 heures dans son bureau.

— Je croyais qu'il ne voulait plus entendre parler de moi...

— Il a changé d'avis.

— Jacques Plait, l'imprésario d'Aznavour et de Hallyday, je rêve !

— Ne laisse pas filer ta chance.

Le 20 août, Jules et Melina se trouvaient dans un chalet à Gstaad où Jules s'était isolé pour écrire *Illya Darling*, la comédie musicale adaptée de *Jamais le dimanche*. En sortant sur la terrasse, il aperçut sa femme qui, étendue sur un transat au bord de la piscine, poussait de petits gémissements.

Elle ouvrit grand les yeux quand il lui toucha l'épaule.

— Encore mes satanés rêves, lui dit-elle. Nous étions tous les trois avec Joe, et tu nous avais emmenés voir *Jules et Jim* de François Truffaut dans un petit cinéma d'Athènes. En sortant, je vous prenais chacun sous un bras et je vous entraînais en chantant :

*On s'est connu, on s'est reconnu*
*On s'est perdu d'vue, on s'est reperdu d'vue*
*On s'est retrouvé, on s'est réchauffé*
*Puis on s'est séparé*

— Mais pourquoi trembles-tu ? dit Jules en lui prenant les mains. Tu es toute glacée.

Melina raconta la fin de son rêve :

— Devant nous courait notre caniche et, tout à coup, on se retrouvait nez à nez avec des militaires portant des casques et des mitraillettes. Tu criais « Couchez-vous ! » mais les tirs avaient déjà commencé et Joe, fauché par les balles, tournoyait sur place, bras et jambes désarticulés.

Jules avait beau être habitué aux visions nocturnes de sa femme, cette fois, il se laissa impressionner jusqu'à décrocher son téléphone.

— Béa, est-ce que tu sais où est Joe en ce moment ?

— Mais oui, je suis en train d'écouter *Bip bip* sur Radio Monte-Carlo.

— *Bip bip*, qu'est-ce que c'est ?

— Le premier tube de ton fils. La chanson qu'on fredonne dans les embouteillages. Écoute-le, Jules.

Elle approcha le combiné de la radio.

*Y a du soleil, bip bip...*

— Sa carrière commence à décoller. Il est passé à « Discorama », l'émission très regardée de Denise Glaser. Je ne connais pas grand-chose à la chanson, poursuivit Béa, mais c'est la musicienne classique qui parle : Joe a un climat dans la voix…

## 20 août 1967

Dans l'avion qui poursuit son vol vers Athènes, les années se chevauchent, les souvenirs se bousculent dans la tête de Jules, recherchant ses 20 août au milieu d'une foule d'autres événements.

*Était-ce fin 1966 ou 1967 que tu étais venu enregistrer ton premier 33 tours à New York ? C'était à cause d'une grève des studios français ou anglais, je ne sais plus. Tu logeais chez ta mère, qui menait brillamment sa carrière entre France et Amérique. Nous venions aussi d'arriver de Suisse avec Melina pour commencer les répétitions d'*Illya Darling*. Nous habitions un bel appartement près de Central Park, avec vue imprenable sur les gratte-ciel de la Cinquième Avenue... Mon rêve de gosse !*

Joe avait invité Jules à assister à une séance d'enregistrement. Le studio se trouvait vers la 30ᵉ Rue. Jules y était allé à pied, en repassant par le quartier de son enfance. Au *barbershop* paternel avait succédé une laverie automatique. Et le marchand de sandwichs au pastrami qui se trouvait en face n'existait plus. Son monde commençait à disparaître.

Il faillit ne pas reconnaître Joe. Son fils s'était laissé pousser les cheveux et les rouflaquettes sur les conseils de Jacques Plait, son directeur artistique, qui le suivait désormais comme son ombre.

— Je suis entre de bonnes mains, papa. Tu sais ce qu'on dit : ce qui plaît à Plait plaît au public. Et le public aime la coupe Beatles.

Jules n'avait encore jamais vu son fils travailler. Joe n'arrêtait pas de râler, il engueulait tout le monde, ce n'était jamais assez bon. Cet album allait être un bide, se lamentait-il. Il était encore temps d'y mettre le holà.

Jules se pencha à l'oreille de Plait et lui murmura avec fierté :

— Mon garçon est un perfectionniste. C'est de famille.

— Non, monsieur Dassin, votre gars est un chieur, et je m'y connais. Il n'a aucune confiance en lui, alors il travaille comme un fou pour compenser son prétendu manque de talent...

Cette fois, tout le monde trouvait la dernière prise géniale. Pourtant, Joe n'avait pas quitté sa moue chichiteuse. Il demanda à l'ingénieur du son de remettre la bande sur le magnéto. Il manquait quelque chose, environ un quart de seconde. Pestant et maugréant, le technicien sortit de la poubelle les chutes de la bande magnétique, en découpa un centimètre, le recolla et fit réécouter l'air intitulé *Dans la brume du matin*. Le sens du rythme inouï de Joe ne l'avait pas trompé. Il manquait bien vingt-cinq dixièmes de seconde.

Les gars étaient crevés, ils ne rêvaient que d'une bonne bière. Plait voulait retourner à son hôtel, changer de chemise, se faire couler un bain et puis aller à Greenwich Village où il connaissait un fameux pizzaïolo. Joe fit la sourde oreille. Il demanda à enregistrer une nouvelle prise.

Plait soupira, saisit Jules par le bras et l'entraîna dans la pièce voisine où ils burent un café.

— C'est toujours le même cirque. Maintenant que je connais l'oiseau, je ne cherche plus à batailler. La deuxième prise est la bonne. Le temps qu'il l'admette, il fera nuit. C'est Joe. Un angoissé terrible !

Plait tira de la grosse sacoche en cuir qui ne le quittait jamais les clichés qu'ils avaient faits la veille pour la couverture de l'album. Joe posait devant une superbe Harley-Davidson.

— J'ai engagé deux photographes pour qu'il ne sache jamais lequel le shootait. Il déteste les photos. Chaque fois, on doit ruser...

— Je sais, dit Jules. Il complexe à cause de ses yeux...

— Que serait Brel sans ses dents, Gainsbourg sans ses oreilles, Aznavour sans son cul-de-poule ? On ne lui demande pas d'être beau, mais d'avoir une gueule et de savoir en jouer... Avec le temps, il s'y fera !

Plait avait démarré avec Hugues Panassié au Hot Club de France, le temple du jazz. Il avait fait ses armes aux côtés des plus grands : Armstrong, Grappelli, Django Reinhardt, avant d'entrer chez Ducretet Thomson, bientôt racheté par Pathé-Marconi, où il avait imposé Aznavour. Puis, sa réputation grandissant, il avait été recruté par Philips comme directeur artistique aux côtés de Jacques Canetti. À son palmarès :

*La Javanaise* de Gainsbourg, *Retiens la nuit* et *Le Pénitencier* de Johnny... Dans la profession, il était devenu « Mister Plait » et, pour ses poulains, « Jacquot » tout court. Il avait hésité avant d'accepter de prendre en main la carrière de Joe. Non pas qu'il doutât de son talent, mais le jeune chanteur avait un caractère de cochon. Leur première rencontre à La Coupole s'était très mal passée.

— Il débarquait dans le métier et croyait déjà tout savoir. Je l'ai écouté déblatérer, et bonsoir monsieur. Il m'a couru après, me suppliant de lui donner sa chance...

— Pourquoi êtes-vous revenu ?

— Mon job, c'est de dénicher des voix. La sienne n'a pas d'équivalent, en France en tout cas. Jamais une fausse note. Parce que, en plus, il a une oreille incroyable. Il est à l'aise dans tous les genres de musique et il sait manier les mots. Et puis, quand on le connaît mieux, c'est quelqu'un d'adorable.

Joe entra dans la pièce, le regard suspicieux, et se servit un café.

— De quoi vous parlez, tous les deux ?

— De toi, dit Jacquot, quelle question !

— Il t'a dit que j'étais un cabochard, dit Joe à Jules.

— Il n'a pas eu besoin. Je le savais.

— Et alors, s'enquit Jacquot, quelle prise veux-tu qu'on garde ?

— La deuxième !

Jacquot adressa un clin d'œil entendu à Jules.

Joe avait besoin de marcher un peu.

— Bon, tu viens ? lança-t-il à son père.

Ils allèrent à Central Park, poussèrent jusqu'au Reservoir et s'assirent sur un banc pour fumer une Marlboro.

— Je ne sais pas si je vais continuer, tu sais...

— Tu ne te sens pas à ta place ?

— Ce n'est pas ça... Comment t'expliquer ? La première fois que je me suis retrouvé juché sur une scène, c'était au cabaret de l'Ancienne Belgique, à Bruxelles... Quelle ivresse ! Une satisfaction pratiquement insoutenable tellement j'en avais rêvé. C'était tout pour moi de réussir à faire ce métier. Simplement, je ne veux pas que ça devienne une habitude, tu comprends...

— C'est normal que tu sois perturbé.

— Je ne suis pas perturbé, papa, j'essaie juste de rester moi-même. Avant d'en arriver là, j'ai commencé par me farcir toutes les saintes : Sainte-Agathe-la-Bouteresse, Sainte-Honorine-des-Pertes, Sainte-Opportune-du-Bosc... Les trous perdus de la campagne française, des bleds dont t'as pas idée, des chapiteaux de fortune au milieu de champs de vaches. Je chantais les pieds dans la bouse, devant trois tondus et deux pelés...

— C'est comme ça que les coqs apprennent à chanter !

— Malgré tout cela, j'étais très heureux, je ressentais quelque chose d'inédit qui, aujourd'hui, est déjà en train de me quitter.

— Moi-même, quand j'ai débuté, j'en ai bouffé, de la vache enragée. Des troupeaux entiers. Mais j'ai dû attendre plus longtemps que toi pour connaître le succès.

— Tu sais bien que j'ai été précoce en tout...

— Avec toi, rien ne va assez vite.

— C'est normal. La vie, tu sais, c'est comme une cigarette : on arrive tout de suite au mégot.

D'une pichenette, Joe envoya le sien mourir sur la pelouse.

— Non, ce que je veux dire, c'est que j'aimerais encore garder longtemps ce truc que j'avais quand j'étais petit. Bon, je meurs de faim, moi. Du jambon braisé piqué de clous de girofle, ça te dirait ? Comme celui que tu nous préparais à Noël.

Joe rendit la politesse à Jules en venant assister à une répétition d'*Illya Darling* dans ce temple de Broadway où Melina tournait en rond comme une lionne en cage.

*Elle ne supportait pas le déracinement. Et ce n'était que le début. Nous avions signé pour une tournée de dix-huit mois à travers l'Amérique. Les billets s'arrachaient déjà.*

Melina, qui n'aimait rien tant que paresser sur son divan, devait se plier au coaching impitoyable d'Onna White, une grande chorégraphe devenue sa tortionnaire.

— Regarde, Joe, ce qu'ils ont fait de moi. Je marche en crabe à force de faire des exercices à la barre.

— Tu dois être en forme pour danser huit fois par semaine, dit Jules.

— Prends exemple sur Jane Fonda, la reine de l'aérobic, lui suggéra Joe.

Elle vivait très mal le fait de se pavaner sur scène à New York alors que sa place était en Grèce, auprès des siens. La Grèce où la démocratie vivait ses dernières heures. Comment peut-on être heureux quand les gens qu'on aime sont en danger de mort ? Ses parents, son frère risquaient leur vie pendant qu'elle faisait sa midinette... Elle maudissait Dassin, elle maudissait sa chorégraphe sadique et elle ne voulait plus entendre parler de son professeur de chant qui lui demandait d'arrêter de fumer.

Sur le trottoir, au milieu des enseignes lumineuses de Broadway, Joe confia à Jules qu'il aimerait bien créer une comédie musicale avec lui.

— On pourrait partir de l'histoire du grand-père qui débarque à New York, l'échoppe de barbier, ton enfance... Tu écrirais le script et je ferais les chansons.

Jules lui opposa une réponse laconique, n'étant pas très sûr d'être taillé pour ce genre de boulot.

Puis, comme dans le tourbillon de la vie, ils se séparèrent à nouveau.

*Le soir de la première, nous n'en menions pas large. La toute-puissante critique new-yorkaise présente dans la salle nous attendait au coin du bois. Les premières à New York ressemblaient à celles de la Scala ou de l'Olympia. Tout le monde rêvait qu'on se casse la gueule. Notre sort allait se jouer en une soirée. Melina, pourtant morte de trac, se lança sur scène et sauva les meubles en livrant une performance éblouissante. La presse ne retint que sa prestation. Or, reprenant le titre original* Jamais le dimanche, *d'un trait cruel dont il avait le génie, Truman Capote, lui, dissuada le public de se déplacer : never on Sunday, never on Monday, never on Tuesday, never on Wednesday...*

Au printemps 1967, abandonnant Melina, Jules partit filmer la guerre des Six Jours dans le désert du Sinaï. Un voyage éclair, étant donné la brièveté du conflit. Avant son départ, il reçut un coup de fil alarmé de Béa l'informant que Joe envisageait sérieusement d'aller se battre aux côtés de ses frères d'Israël.

— Enfin, Jules, qu'est-ce que tu es encore allé lui mettre dans la tête ?

*Je n'y étais strictement pour rien, je n'étais même pas au courant.*

*Fort heureusement, avant que tu mettes tes plans à exécution, la guerre était déjà finie. Je te proposai d'être le récitant de mon film sans doute le plus médiocre, faussé par l'interdiction de me rendre dans les régions arabes pour recueillir les différents points de vue. Malgré tout, tu acceptas cette collaboration avec plaisir avant de poursuivre ton chemin.*

*Un premier succès au Midem à Cannes, puis un mégaconcert en Eurovision à Venise, place Saint-Marc, te firent vite oublier tes velléités guerrières. Ta vie était sur scène, une guitare entre les mains. Moi-même, si réticent au départ, je commençais à me faire à cette idée. J'en viens au mois d'août 1967, indissociable de toutes les péripéties qui émaillèrent cette année si foisonnante et déterminante pour nous tous. Melina voulut résilier son contrat, jugeant intolérable de jouer chaque soir dans un décor d'opérette vantant les charmes du Pirée, alors qu'en Grèce régnaient la cour martiale et la torture. Il fallait qu'elle bouge, qu'elle parle, qu'elle dénonce ce gouvernement d'imposteurs et d'assassins issu du coup d'État militaire du 21 avril.*

Ce 20 août donc, malgré les supplications de sa famille et de Jouli lui-même, qui la priait de rester tranquille, elle alla déballer son sac devant les caméras de la télévision américaine :

— Je suis née grecque et je mourrai grecque. Monsieur Pattakos est né fasciste et il mourra fasciste. J'invite tous les Grecs épris de liberté à renverser ce régime de colonels gangsters. Et j'invite aussi les touristes à boycotter les croisières en Grèce. Cela vous semble-t-il décent de passer, à bord d'un yacht, devant une île transformée en prison où l'on torture des innocents ?

Elle conclut en appelant à la création d'un gouvernement grec en exil qui pourrait s'établir à Paris ou à Rome.

En sortant du studio, elle dit à Jouli que, enfin, elle était devenue adulte !

*Quelques jours plus tard, elle fut déchue de sa nationalité et on lui retira son passeport. On prononça la mise sous séquestre de tous nos avoirs, et elle fut excommuniée par l'Église grecque orthodoxe pour avoir épousé un juif.*

Avachie devant un dessin animé de Betty Boop, Melina semblait hors de combat tandis que Jules déchirait trois lettres contenant injures et menaces de mort.

*L'histoire se répétait. Nous étions à nouveau poussés dans l'inconnu, avec nos valises. Mes cheveux grisonnaient. Je me demandais si ma carrière n'était pas dernière moi. Nos courbes s'inversaient ; ton envol, Joe, correspondait à mon déclin...*

## 20 août 1968

*À l'été 1968, je me trouvais en Californie pour terminer le montage de* Point noir, *mon film sur la situation des Noirs aux États-Unis, dont j'avais dû remanier le scénario en profondeur après l'assassinat du pasteur Martin Luther King.*

*L'Amérique s'embourbait dans la guerre du Vietnam, dont les images sanglantes avaient envahi notre champ visuel. Le chaos régnait partout dans le pays. La police de Nixon réprimait les manifs pour la paix avec une rare brutalité. Pas étonnant que le plus gros succès au box-office fût un film d'épouvante :* La Nuit des morts-vivants, *produit par un petit groupe d'investisseurs privés. L'industrie hollywoodienne commençait à battre sérieusement de l'aile, concurrencée par la télévision. Les exploitants se tournaient vers l'ultraviolence, l'horreur et le sexe. Un pari risqué qui s'avéra payant pour le jeune cinéma indépendant. Les zombies de Romero débarquaient à point nommé pour venger les brûlés au napalm et toutes les victimes du Ku Klux Klan.*

Melina revenait exténuée d'une tournée des grandes capitales européennes, le « Melinatour » organisé par son frère

Spyros, qui lui servait de garde du corps et de logisticien. Objectif : collecter des fonds pour venir en aide à leurs compatriotes exilés. Au programme, meetings, interviews, concerts caritatifs, rencontres avec des intellectuels, des artistes, des hommes politiques dont ils quémandaient le soutien. Ils n'avaient pas ménagé leur peine... Point d'orgue de ce marathon : un concert salle Pleyel à Paris, qu'elle raconta à Jouli.

— J'étais arrivée une bonne heure avant le spectacle, en battle-dress, grosses lunettes noires pour cacher mes yeux cernés, crevée à un point que tu ne peux pas imaginer. Ce qui me donnait encore la force de tenir debout, c'était de penser à tous ces cadavres affreusement mutilés dont on m'avait montré des photos. J'avais la voix si enrouée d'avoir tant discouru que je craignais le pire... Finir sur un couac eût été lamentable. On fit deux ou trois essais avec les musiciens dans la semi-obscurité, sous un calicot « Liberté pour la Grèce ». Ensuite, j'ai gagné ma loge tandis que Spyros est allé m'acheter des pastilles pour la gorge. Je fis quelques vocalises. Un peu requinquée, j'entrais sur scène, vêtue d'une longue robe rouge et chaussée de bottes noires. Dans la salle, il y avait tout le gratin de la rive gauche : Louis Aragon, Jean-Paul Sartre, Armand Salacrou, Serge Reggiani, Sacha Pitoëff, François Mitterrand, Jack Lang, sans oublier Duras et Sagan. Les sentir là, criant mon nom, applaudissant, tu ne peux pas savoir comme c'était bon.

« Le silence s'est fait, je me suis retrouvée seule dans un rond de lumière blanche, et voilà que les musiciens de Mikis Theodorakis entament l'air de *Zorba le Grec*, mais, trop émue par les paroles, je suis aveuglée par les larmes, ma voix s'étrangle, je vacille, avec l'impression de chuter dans un puits sans fond...

« C'est alors que Joe est apparu, jaillissant du parterre. Ça m'a fait un choc parce que je ne savais pas qu'il se trouvait dans la salle, un spectateur parmi des centaines d'autres. Il m'a rejointe sur scène. Souriant et décontracté, il a passé le bras autour de ma taille, et nous avons fini en duo avec un seul micro, tandis que le public frappait en rythme.

« Après un moment pareil, tu sais, Jouli, on peut bien mourir...

Elle lui apprit que Joe était en train de devenir une grande vedette en France et qu'à Paris les gens le saluaient dans la rue en reprenant son dernier succès, *Ma bonne étoile.*

Il vivait désormais rue d'Assas, en plein cœur du quartier Latin, où les étudiants en colère montaient sur des barricades. Il avait participé à des meetings à la Sorbonne avec Dany le Rouge. Il était d'accord pour mutualiser les droits d'auteur. Il était favorable à la grève des galas. Il se sentait de gauche par sensibilité et tradition familiale et, en même temps, il distribuait des autographes aux CRS qui le reconnaissaient dans la rue.

— Tu imagines, ton fils au milieu d'étudiants masqués, cagoulés, dans la fumée des lacrymos, qui signe des autographes à des CRS...

— Qu'est-ce que tu veux que ça me fasse ?

— Jouli, qu'est-ce que tu as ? Tu es jaloux ?

— Jaloux de Joe ? Mais enfin, Youyou, tu sais bien que je chante mieux que lui !

Elle l'embrassa en le traitant de gros bêta. Son haleine sentait l'acétone. Elle semblait vraiment à bout.

— Norman Jewison a appelé pour toi à plusieurs reprises, lui apprit Jules. Il voulait avoir confirmation que tu jouerais bien dans son film.

— Je suis d'accord s'il double mon cachet. Le scénario est lamentable, mais j'ai besoin d'argent, de beaucoup d'argent pour acheter des bombes.

Elle ne plaisantait pas.

— Sortons ! lança-t-elle.

Il faisait encore chaud en cette fin d'après-midi. Elle mit dans un panier une bouteille de vin californien, deux gobelets en carton, des olives, et ils descendirent sur la plage de Santa Monica pour attendre le coucher de soleil.

Pour la première fois depuis longtemps, ils se détendaient, sans rien faire, le regard perdu dans les confins noyés dans une brume de chaleur. Après tant de bouleversements, ce moment de paix et de bonheur volé à l'actualité sanglante les rendait presque coupables.

*Je vous imaginais, Melina et toi, ce soir d'avril 1968, sur la scène de la salle Pleyel, serrés l'un contre l'autre, mêlant vos voix, dans un cône de lumière blanche qui vous isolait du monde comme dans un film de Frank Capra. Et oui, Joe, j'enviais ta jeunesse, ton pouvoir de séduction, je souffrais que, le temps d'une ritournelle, tu te sois emparé du cœur de ma femme...*

— À quoi tu penses ? lui dit Melina.

— À Joe. C'est ici qu'enfant il jouait avec son cerf-volant. Il ne voulait pas que je l'aide. Il s'arc-boutait en tirant sur les ficelles et invariablement le bel oiseau de toile piquait du nez dans le sable. Mais un soir, je travaillais dans mon bureau quand soudain j'entends comme un battement d'ailes, je tourne la tête et je vois, se découpant sur l'azur, au-dessus des cocotiers, le cerf-volant bien stable dans les airs. Je m'approche de la fenêtre. Joe était dans le jardin, à la manœuvre, ses sœurs l'applaudissaient. Il est têtu, l'animal.

— Tu es allé le féliciter ?

— Pourquoi ? J'aurais dû ?

Melina faisait glisser du sable entre ses mains tout en fredonnant un couplet nonchalant de *Siffler sur la colline*, en total décalage avec la situation internationale.

— Et maintenant qu'allons-nous faire ?

Melina ne souhaitait pas rester aux États-Unis, qui avaient favorisé le putsch des colonels. Elle pensait que leur place était à Paris, où finalement ils comptaient le plus d'amis.

— Tu peux rester ici si tu veux, Jouli, moi, je pars dès que j'en aurai fini avec ce film à la gomme.

— Oui, c'est bon pour moi aussi, mais… est-ce qu'ils ont remis les pavés dans les rues ?

— Jouli, si on allait se baigner ?

— Vas-y, toi ! Je te regarde.

Elle ôta ses vêtements et se mit à courir vers les grands rouleaux.

## 20 août 1969

*Les mois d'août sont meurtriers. 1962, mort de Marilyn. 1969, assassinat de Sharon Tate, enceinte de huit mois, éventrée par des femmes qui n'aimaient pas les femmes, sous les ordres d'un gourou cinglé. L'image des Érinyes avec des serpents à la place des cheveux et du sang giclant par les yeux s'imposa à moi.*

Quelques mois plus tôt, accusés de soutenir financièrement la résistance grecque, Jules et Melina avaient été sommés de comparaître devant un tribunal militaire à Athènes. Leur avocat, Robert Badinter, leur avait conseillé d'ignorer la convocation. Un peu plus tard, juste avant un meeting à Gênes, une bombe découverte sous la tribune par un membre du service de sécurité avait failli mettre fin à l'aventure. Melina ne s'était pas laissé impressionner. Ce n'était pas son genre. S'emparant du micro, elle avait harangué la salle :

— Une bombe, oui, et pas une petite : trois kilos de plastic, mes chéris... De quoi réduire en chair à pâté la Mercouri... Ciao, Melina ! Il y aurait eu dix morts, vingt morts, qui sait combien, et des dizaines de blessés... Mais les dieux sont avec nous, la résistance vaincra !

Elle avait encouragé le public à aller voir *Z*, le film de son compatriote Costa-Gavras, inspiré de l'assassinat du député Grigoris Lambrakis. *Z* (zéta) était l'initiale du mot qui, en grec ancien, signifie « je vis », « je suis vivant ».

— Nous sommes vivants ! avait-elle hurlé avant d'entonner *Le Chant des partisans*, serrée contre Jouli.

*L'odeur de la peur, ce fumet de bête traquée que je connaissais si bien, je l'avais sentie alors pour la première fois chez ma femme.*

*Au fond, le monde n'avait pas vraiment changé. La mythologie grecque regorgeait de meurtres, vengeances, massacres, carnages effroyables. Je recherchais pour mon épouse un rôle qui entrât en résonance avec nos préoccupations du moment, aussi bien personnelles que politiques. Après avoir rejeté plusieurs choix du répertoire tragique jugés trop « gore », elle m'orienta vers* La Promesse de l'aube, *de Romain Gary, qui l'avait émue aux larmes.*

Elle allait avoir quarante-six ans. C'était le bon âge pour incarner Nina, cette actrice de Leningrad qui rêve pour son fils d'un destin hors du commun. Seul problème - mais en était-ce un ? -, son refus d'être mère, qu'elle cultivait depuis ses débuts au théâtre, jugeant le statut de maman incompatible avec le métier d'actrice. Mère, elle l'était par procuration, depuis de nombreuses années déjà, ayant d'une certaine façon fait siens les grands enfants de Jouli.

À Paris, ils avaient trouvé à se loger dans une maison située à deux pas du jardin d'Acclimatation et servant de QG et de station de radio à « Mercourage », comme on la surnommait depuis qu'elle menait ce combat intrépide pour le retour de la démocratie dans son pays. À tous ceux qui lui rendaient visite, faisant rouler entre ses doigts les perles roses de son nouveau komboloï – rose comme l'espoir, rose comme le socialisme qui triompherait un jour –, elle parlait de son prochain projet avec Dassin :

— C'est une histoire d'amour, pas d'inceste, un amour total, démesuré et désespéré, entre une mère et son fils. Dassin y travaille en ce moment, dans une pièce au sous-sol, alors chut, ne le dérangeons pas.

Deux mois plus tard, le tournage était bien avancé, ils avaient quitté les studios du Point du Jour à Boulogne-Billancourt pour ceux de la Victorine à Nice. Des machinistes préparaient une séquence de pluie en disposant leurs jets d'eau. Jules, toujours en quête de trouvailles techniques, avait imprudemment choisi de placer sa caméra sur un toit ruisselant. Il chuta et faillit se tuer.

*Tu étais passé à l'improviste, profitant d'un concert à Cannes, pour prendre des nouvelles de ton cascadeur de père. Je t'accueillis les deux jambes dans le plâtre. Tu t'esclaffas :*

*— Voilà ce qui arrive quand on veut faire son jeune !*

*— Je ne fais pas mon jeune. Je suis jeune, c'est ce qui me rend si casse-cou !*

*Toute la journée, tu poussas mon fauteuil roulant chaque fois que je devais rectifier le jeu d'un acteur, discuter d'un détail avec le chef décorateur ou la costumière. Ma méticulosité ne s'arrangeait pas avec l'âge, de quoi te donner une petite idée de ce que tu risquais de devenir.*

Dans ses atours de princesse russe déchue et décatie, Melina rappelait les plus grandes stars du cinéma muet, les Gloria Swanson, les Lillian Gish, à la seule différence qu'elle jouait sans maquillage, enguirlandant le photographe de plateau qui avait osé corriger ses imperfections.

— Tu appelles ça de bons clichés ? Et mes rides ? Et mes pattes-d'oie ? Qu'as-tu fait de mes pattes-d'oies ? À quoi sert de tricher sans cesse ? Recommence et, je t'en prie, mon chéri, montre les ravages du temps !

Des réfugiés grecs sans permis de travail complétaient l'équipe. Margot Capelier, la responsable du casting, s'était arrangée pour que les producteurs n'y voient que du feu. Pour jouer le rôle de l'enfant prometteur, Jules avait engagé Assaf Dayan, le fils du vainqueur de la guerre des Six Jours, dont la carrière s'arrêta d'ailleurs à ce seul film.

Joe les raccompagna à leur hôtel dans sa Mercedes blanche conduite par Maryse, son épouse dévouée qui lui servait à la fois de chauffeur, d'infirmière, d'habilleuse, de coiffeuse, de cuisinière, de bagagiste, de sophrologue, de conseillère artistique, d'attachée de presse... Elle ouvrit le coffre et, entre les cannes à pêche et les clubs de golf, elle ménagea un espace pour loger le fauteuil d'infirme de Jules.

Dans la suite du Negresco, ils burent du whisky à gogo et Joe leur raconta comment il préparait son premier Olympia, prévu pour le mois d'octobre.

Son modèle était Frank Sinatra, qu'il admirait pour la précision avec laquelle il répétait chaque geste, chaque détail. Adieu, pantalon noir, chemise rouge et gros ceinturon. Il apparaîtrait en smoking blanc. Une idée de Mme Henri Salvador qui, lors d'une émission télé, lui avait trouvé une allure folle dans sa tenue de riche planteur du Mississippi. Il y aurait des choristes. Et l'orchestre serait dirigé par le grand Johnny Arthey *himself*, venu exprès de Londres. Joe avait engagé un champion de rodéo pour lui apprendre à manier le lasso. Il s'entraînait aussi aux claquettes pour quelques intermèdes de *tap-dance*. Pour son entrée en scène, il avait pensé reproduire la scène de *Topkapi* où le cambrioleur descend suspendu par les pieds, une idée jugée trop dangereuse par Bruno Coquatrix. Avec ses paroliers, Pierre Delanoë et Claude Lemesle, il continuait à travailler sans relâche. Il y avait encore pas mal de boulot pour que tout fonctionne au petit poil.

— Dans la vie, je pense être un bon gars, vous pouvez demander à Maryse. Mais dans le boulot, je suis imbuvable, dit-il en finissant la bouteille de whisky.

*Tu sacrifias à la coutume d'inscrire un mot sur mon plâtre déjà couvert de graffitis.*

*C'était la première ébauche d'une chanson qui deviendrait l'un de tes plus grands tubes, celui qui allait clôturer tous tes shows :*

*L'Amérique, l'Amérique, si c'est un rêve, je veux rêver...*

Avant qu'il parte à son concert cannois, Melina demanda à Joe comment il trouvait le temps de jouer au golf et de pratiquer la pêche à la truite.

— Les journées ont vingt-quatre heures, dit-il. On trouve toujours.

— Et le soir, ajouta Maryse, après le spectacle, comme il ne peut pas s'endormir tout de suite, je lui fais couler un bon bain relaxant aux huiles essentielles et il lit un roman, hein, mon bébé ?

— Allez, en route, Maryse, je déteste faire attendre mon public !

Après leur départ, Melina eut cette réflexion :

— Ben dis donc, c'est Joe, le cow-boy à qui il suffit de claquer des doigts pour avoir ses bottes, son chapeau, son cheval ?

— Nous ne sommes pas mieux, sauf que chez nous, c'est la cow-girl qui dirige. À la maison, j'entends !

Elle était sortie de la salle de bains, où elle se brossait les dents, du dentifrice plein les lèvres.

— Tu n'es pas heureux avec moi ?

— Je suis très heureux. D'ailleurs, c'est moi qui ai voulu t'épouser et je ne regrette rien.

Rassurée, elle reprit son brossage.

La conversation se poursuivit sur l'oreiller.

— L'important est d'être organisé, et nous le sommes.

— Apparemment, ils semblent l'être eux aussi.

— Elle me fait penser à Béa, cette petite Maryse !

— Sans le violon.

— Son violon, c'est Joe. Elle l'a poussé dans la chanson et maintenant elle essaie d'en tirer le meilleur son.

Habituellement, à la fin de chaque spectacle, Joe saluait et s'engouffrait dans les coulisses. Le public frappait dans les mains en cadence de plus en plus fort, de plus en plus vite, en scandant : « Une autre, une autre... » Les musiciens restés sur scène entretenaient le suspense en continuant à jouer *L'Amérique* en boucle. Après avoir ôté sa chemise trempée de sueur, Joe courait vers sa loge, rêvant déjà au malt américain qu'il s'enfilerait, plongé dans un bain moussant. Maryse l'attendait au volant de sa Mercedes pour l'emmener dans un petit hôtel loin de la ville, minutieusement choisi dans le Guide Michelin qui ne quittait jamais la boîte à gants. Le reste de la caravane couchait dans un établissement plus tape-à-l'œil pour brouiller les pistes. L'homme qui avait mis au point ce protocole était Pierre Lumbroso, le road-manager de Joe qui planifiait toutes ses tournées. La tactique était bien rodée et n'avait jamais souffert du moindre raté.

Or ce soir-là, grains de sable dans la mécanique, trois groupies avaient réussi à se faufiler dans le couloir de la loge. Comment étaient-elles parvenues à tromper la vigilance du service de sécurité ? Pierre et Maryse n'étaient visibles nulle part. Apparemment, les filles étaient bien renseignées. Sans doute avaient-elles usé de leurs charmes pour soudoyer le vigile qui gardait l'entrée des artistes. Elles n'étaient pas nées de la dernière pluie, depuis le temps qu'elles le pistaient, leur Jojo adoré. La plus âgée, qui était aussi la plus aguerrie, lui dit qu'elle était déjà présente au concert de Sainte-Agathe-en-Bouteresse, planquée dans la bétaillère de son frère. C'était sa première sortie, en cachette de ses parents. Elle n'avait pas vu Joe ce soir-là, elle n'avait fait qu'écouter sa voix, enfouie sous la paille. C'était chaud, sensuel, voluptueux. Elle avait ressenti une chaleur dans le bas du ventre ; depuis lors, elle avait assisté à dix concerts. Elle écoutait en fermant les yeux pour revivre chaque fois la première expérience. Elle connaissait ses tubes par cœur. Elle avait écrit à Joe, elle avait même joint à sa lettre une chanson de son cru intitulée *Toi et moi*. Elle avait attendu, attendu, mais il n'avait jamais répondu. Joe s'excusa, il recevait tant de courrier. Impossible de répondre à tout le monde. Il promit de lui envoyer une place pour son prochain Olympia, deux places même, pour elle et son amoureux.

— Je n'ai pas d'amoureux, dit-elle. Mon amoureux, c'est toi, et en dix ans je ne t'ai jamais trompé… La fidélité, ça se paie. Ce que j'aimerais que tu me donnes, c'est un baiser!

— Allons, bon! s'exclama Joe.

Il se pencha et lui fit la bise.

— Ah! non, un vrai baiser, exigea-t-elle.

— Écoutez, mesdemoiselles, il est tard, je suis vanné… Merci d'être venues.

— Moi, je veux ta chemise, dit la plus jeune.

— Non, refusa Joe. À la rigueur, je peux t'en donner une propre si tu me promets de…

— Non, file-moi celle-là, je veux m'endormir avec ton odeur. Ça remplacera mon doudou.

Les autres se marrèrent. Joe lui laissa sa chemise, en jetant des regards à la ronde dans l'espoir que quelqu'un surgisse et le tire de ce guet-apens.

Il pénétra dans sa loge sans pouvoir empêcher les drôlesses d'en faire autant. Il enfila un peignoir pendant que les filles le regardaient en se passant la langue sur les lèvres. L'une d'elles désigna un cendrier rempli de mégots.

— Moi, je veux ça.

— D'accord, dit Joe, je te conseille même de les vendre, ça peut rapporter gros.

— Tu me signes un papier, demanda la fille, coquine, comme quoi ce sont bien tes vraies clopes ?

— S'il vous plaît, allez-vous-en maintenant, mesdemoiselles...

— Je n'ai pas eu mon baiser, insista la fille de la bétaillère. Un bien langoureux, genre *Autant en emporte le vent*, et après, promis juré, on te laisse faire dodo.

Ce fut alors que Maryse et Pierre Lumbroso arrivèrent enfin. Avec tact et gentillesse, Pierre amadoua les admiratrices en leur promettant des places gratuites pour l'Olympia.

— Venez avec moi, je vais prendre vos noms et vos adresses.

— Moi, c'est Nicotine, dit l'une.

— Et moi, Sécotine, dit l'autre. On vit encore chez papamaman.

Il les poussa doucement vers la sortie, elles n'opposèrent aucune résistance et abandonnèrent la place en pastichant les paroles de *La Fleur aux dents* : « Nous sommes trois petites filles qui t'aiment et tu nous as foutues dehors. »

Les nerfs à cran, Joe se mit à hurler :

— Vous étiez où, bon sang ?

— On a crevé, dit Maryse. En plein mois d'août, impossible de trouver un dépanneur...

— Si j'avais inventé l'imprimerie ou découvert la pénicilline, j'aurais compris ce délire, mais je ne suis qu'un pousseur de chansonnettes...

## 20 août 1970

*Je me rappelle ton premier Olympia, quelques mois plus tôt, à l'automne 1969, le choc que nous reçûmes tous. J'étais au premier rang, Béa à ma gauche, Melina à ma droite, nos trois cœurs battant à l'unisson. Le public exultait tandis que tu t'inclinais pour le saluer.*

*Je gagnai les coulisses clopin-clopant, appuyé sur mes deux cannes. Je croisai Jacques Plait, l'air sombre, inquiet, alors qu'il aurait dû être soulagé.*

*— Comment avez-vous trouvé votre fils ?*

*— Franchement, il m'a épaté.*

*— Il n'a jamais le trac avant d'entrer sur scène, mais là, il était vraiment terrorisé à l'idée de vous savoir dans la salle.*

*La loge était pleine à craquer. Je suis resté à l'entrée, attendant que ça se vide. La voix de Melina s'élevait au-dessus du brouhaha : « Champagne ! Champagne ! », et toi, en peignoir, faisant face stoïquement à la pression de tes fans désireux d'avoir un autographe.*

*À travers la cohue nos regards se sont croisés.*

*Tu as levé la main.*

*J'ai levé une canne.*

À l'été 1970, Jules et Melina emménagèrent au 54, rue de Seine. Un grand appartement transformé en repaire de révolutionnaires hellènes.

Jouli allait acheter ses cigarettes au tabac du coin. Il jetait un œil aux œuvres exposées dans les vitrines des galeries d'art moderne, puis regagnait le « bunker » après avoir échangé quelques mots avec Sam et Max, les deux détectives privés qu'il avait engagés pour monter la garde devant le porche de l'immeuble.

Dans le grand salon surmonté d'une verrière, des étudiants barbus, chevelus, assis en tailleur sur la moquette, discutaient, débattaient, écoutaient Melina « méliner », affalée dans son pouf blanc. Jouli devait enjamber les corps pour se frayer un chemin jusqu'à son petit bureau, où il essayait de reprendre le cours de sa propre destinée, de lui redonner une certaine forme à défaut de lui trouver un sens. La vérité est qu'il se sentait prisonnier d'un labyrinthe dont il avait perdu le fil d'Ariane. Tant de chemin parcouru depuis ses débuts, tant de bobines accumulées, tant d'énergie dépensée pour aller au bout de ses projets. Il piétinait. Il saturait.

Sur son bureau, des photos de ses trois enfants petits. Qu'il semblait loin, le temps du cerf-volant et des cochons d'Inde ! Comme ils avaient grandi ! Jules s'était tassé, voûté sous le poids des ans et à force de lutter. Il se sentait moins acteur que spectateur. Le combat de Melina, le beau parcours de Joe, il lui semblait y assister du fond d'un fauteuil d'orchestre. Allons, il fallait qu'il redresse la nuque. À soixante ans, tout n'était pas fini.

L'éprouvant tournage de *La Promesse de l'aube* était derrière eux. Lors d'une projection privée, Romain Gary avait fondu en larmes. Oui, mais était-il sincère ? Jules ne retenait que les défauts de son dernier opus.

Une petite soirée gréco-russe avait été organisée rue de Seine. Melina n'invitait plus que des gens susceptibles de lui rapporter du pognon pour financer la résistance anticolonels. Elle projetait de se lancer dans la chanson. Claude Lemesle lui écrirait des textes que Joe, s'il avait le temps, mettrait en musique. Elle venait aussi d'accepter la proposition d'un éditeur qui la tannait pour qu'elle écrive son autobiographie. Gary lui dit que les plus belles vies sont celles que l'on s'invente.

— Oui, sauf que dans mon cas, je n'ai pas besoin de rêver ma vie. La réalité dépasse de loin la fiction. Mon grand-père a été maire d'Athènes pendant trente ans. Il avait eu huit garçons et une fille qui mourut à l'âge de treize ans. Alors, quand je suis née, vous pensez bien qu'il m'a choyée, chouchoutée, protégée, déifiée... J'étais sa mascotte, qu'il trimballait avec lui de fête en défilé, de fanfare en inauguration. À quatre ans, munie d'une énorme paire de ciseaux, je coupais déjà des rubans. C'est comme ça que j'ai découvert que j'aimais les bains de foule, les tribunes, mais surtout les gens. Et puis je me suis dévergondée. Je m'ennuyais dans ma famille. Je me suis mariée une première fois à seize ans, avec un homme très beau et surtout très riche qui me fichait une paix royale. J'en ai profité pour voyager, aller à Paris, et faire du théâtre.

Jules connaissait par cœur le passé de sa bien-aimée. Il aurait voulu lire leur avenir dans une boule de cristal. L'hypothèse de périr dans un attentat tenait la route. Ils avaient pris les devants en préparant leur testament. L'essentiel de leurs avoirs était en lieu sûr dans un coffre-fort à Lausanne.

Après le départ de Gary et de sa compagne, Jouli prit le prétexte de sortir le caniche pour descendre s'aérer les poumons et l'esprit. Il salua Sam et Max qui mangeaient un sandwich devant l'entrée et s'engagea dans la rue de Seine, déserte à cette heure. Il aimait le mois d'août à Paris, l'ombre fraîche des paulownias de la place Fürstenberg, les notes de jazz échappées des cabarets de Saint-Germain-des-Prés.

Perdu dans ses pensées, il poussa jusqu'à la rue d'Assas et se retrouva devant le numéro 28, où vivait Joe. Il leva les yeux. Les fenêtres du cinquième étage étaient éteintes. Un 20 août, Joe et Maryse sillonnaient les routes de France, s'arrêtant entre deux concerts pour découvrir la gastronomie locale, pêcher à la mouche ou pousser la petite balle blanche. Joe lui avait montré son appartement. Dans la cuisine, il y avait un grand aquarium rempli de poissons exotiques dont Joe faisait l'élevage, s'assurant que les guppys femelles ne dévorent pas leurs alevins à la naissance. Comme cela se produisait la nuit, Joe, qui ne se couchait jamais avant 3 heures du matin, veillait au grain.

Jules tira sur la laisse du caniche et revint sur ses pas. Il aurait bien aimé gagner ce cinquième étage et passer un petit moment à parler de tout et de rien avec son fils en mangeant des maquereaux au vin blanc. Ce ne serait pas encore pour cette fois.

*Nous habitions à deux pâtés d'immeubles et, aussi étrange que cela puisse paraître, sans doute pour une question d'emploi du temps, l'on ne se voyait pour ainsi dire jamais. Tu venais à mes premières. J'assistais à tes shows. On dînait chez Castel, et puis à la prochaine. Nous ne nous étions jamais vraiment remis du grand froid qu'avait engendré mon divorce. Dans l'une de tes interviews, tu disais : « Ce qui me distingue de mon père, c'est qu'il ne fait pas la différence entre vie professionnelle et vie privée. C'est peut-être son côté américain. Et peut-être parce que j'ai vu mon père passer à côté de nous, et que j'ai été témoin de vies bousillées par l'univers du showbiz qui vous prend tout, je tiens beaucoup à avoir une vie normale en dehors du spectacle. Une fois le rideau tombé, je redeviens M. Tout-le-Monde. Je rentre chez moi, j'ôte mes chaussures et quand j'aurai des enfants, je prendrai le temps de changer leurs couches et de leur donner le biberon. »*

## 20 août 1971

Jules revient quelques instants au temps présent durant cette nuit du 20 août 1981, le vol Los Angeles-Athènes se poursuit sans encombre. Les orages, les turbulences ne sont que dans la tête de Jules. Le chagrin le submerge, par vagues successives. Depuis la mort de Joe, Jules n'arrive plus à écouter ses chansons. Ni même celles de ses contemporains, les Sardou, les Julien Clerc, ceux qui lui ont survécu. Il essaie seulement de comprendre pourquoi son fils s'était construit presque en opposition à lui.

*Quand tu reçus le grand prix de l'académie Charles-Cros pour ton album* Les Champs-Élysées, *je me retrouvai noyé dans la cohue. Finalement tu m'aperçus et, t'excusant auprès de tes fans, tu me rejoignis, deux coupes à la main. Tu m'en tendis une.*

*— À ton succès, dis-je.*

*— Tu vois le type, là-bas, qui parle avec Melina en se goinfrant de petits fours ?*

*J'avisai l'individu en question, vêtu comme l'as de pique.*

*— Qui est-ce ?*

*— C'est un acteur, dit Joe. Il t'admire beaucoup. Un soir, à la terrasse d'un café devant cinquante personnes, il m'a alpagué : « Tiens, tiens, voilà Tagada Dalton, avec un père comme le tien, tu n'as pas honte de chanter des conneries pareilles ? »*

*— Il t'a dit ça ? Attends, je vais lui frotter les oreilles...*

*— Pour quoi faire ? Chacun est libre de penser ce qu'il veut. Et puis, il y a sûrement un fond de vérité là-dedans, sinon ça ne m'aurait pas touché... Tu n'es pas d'accord ?*

*Comme tu avais un peu forcé sur les cocktails exotiques, je peinais à suivre le cheminement de ta pensée. Tu semblais joyeux comme on peut l'être en semblable circonstance. Néanmoins, une pointe de rancœur venait tempérer ton exaltation. Tu me parlais en aparté, mais suffisamment fort pour être entendu en particulier par les folliculaires qui te collaient aux basques et peut-être surtout par l'acteur qui t'avait copieusement injurié.*

*— J'ai d'abord voulu être cinéaste puis écrivain. Au cinéma, il ne pouvait pas y avoir deux Dassin. Et sur le plan littéraire, j'ai compris sans l'aide de personne que je ne serais jamais Hemingway. Alors, avec d'autres rigolos qui partagent mes idées, j'ai créé ma petite entreprise artisanale.*

*Tu vidas ta coupe, en repris une et élevas encore la voix d'une octave.*

*— Une chanson, c'est deux minutes d'ambiance. Rien d'autre. Un peu d'air dans la tête de tous ces gens qui se lèvent tôt pour bosser dur.*

*« Pour fabriquer ce genre d'hélium, on passe pas mal de nuits blanches à beaucoup transpirer. Mais ça, on n'est pas obligé de le savoir.*

*« Tu sais, papa, je ne te l'ai jamais dit mais, si j'avais pu réaliser un film comme* Les Forbans de la nuit, *j'estime que j'aurais réussi ma vie.*

*— Tu dis ça pour me faire plaisir.*

*— Pas du tout. Mesdames et messieurs, je lève mon verre à M. Jules Dassin qui m'a longtemps servi de modèle. Merci, papa !*

*Et tu m'embrassas.*

Dans la boîte aux lettres ce matin-là, il y avait une carte postale représentant dix doigts de pied en éventail et, en arrière-plan, une plage des Caraïbes bordée de cocotiers. Jules reconnut aussitôt la calligraphie élégante de Joe et son humour *so british* : « Toujours les mêmes qui bossent. Et dire qu'il y en a qui se la coulent douce à Paname ! » Joe, à l'instar de Jules, ne savait pas se reposer, l'angoisse de la page blanche le poursuivait. Alors, résolu à lâcher un peu de lest et cédant aux suppliques de sa femme, surmenée elle aussi, il avait consenti à s'évader dix jours à La Barbade, cet atoll paradisiaque des Petites Antilles avec ses lagons d'eau transparente et son grand ciel bleu. Un break salutaire. L'accumulation de concerts, d'émissions télé, d'enregistrements, de tout ce qu'un artiste doit faire pour exister, avait eu raison de son stakhanovisme. Ils avaient confié Cléo, la chatte noire, et Wolfgang, l'angora, à Jouli et Melina. Mais, depuis trois semaines, le temps que la poste fasse son office, le couple regonflé à bloc était déjà rentré en France pour attaquer la tournée estivale.

Deux jours plus tôt, Joe avait téléphoné à Jules de Béziers, où il donnait un concert aux arènes. Il s'était fait un nouveau pote, Carlos, dont le père était un fameux masseur-kinésithérapeute chez qui se pressaient toutes les vedettes du showbiz sur le flanc. Ils avaient pris un rendez-vous pour Jules qui se plaignait d'avoir de plus en plus de mal à marcher depuis sa mauvaise chute aux studios de la Victorine. Jules mit la carte postale dans la poche de son blouson et boitilla vers le taxi qui l'attendait sur le trottoir.

— Quai de Javel, dit-il.

Un camion poubelle bouchait la rue de Seine, et ils poireautèrent un bon moment devant le Rock'n'Roll Circus d'où, quelques semaines plus tôt, Jim Morrison, le leader des Doors, avait été discrètement exfiltré après avoir été victime d'une overdose dans les toilettes. Cette manie qu'ont les chanteurs de s'enfermer dans les W.-C. !

Un peu plus loin, Jules aperçut Darryl Zanuck en grande conversation avec Albert-Jacques Melki devant la galerie d'art de celui-ci. Dans le petit milieu du cinéma, personne n'ignorait que l'ex-nabab s'était exilé en France après avoir démissionné de la Fox, dont il restait actionnaire majoritaire. Après son idylle tempétueuse avec Juliette Gréco, il cherchait à imposer sa nouvelle égérie, Geneviève Gilles. Jules gardait un mauvais souvenir d'une partie de croquet avec Zanuck, joueur redoutable au féroce coup de maillet, qui lui avait infligé une sévère raclée. Qui n'a jamais joué au croquet avec Zanuck ignore ce qu'est la cruauté ! Il essaya de se cacher, mais Zanuck l'aperçut et fondit sur le taxi coincé dans le bouchon. Jules baissa sa vitre pour éviter que Zanuck la brise à force de tambouriner.

— Je t'ai sauvé la peau, Dassin, ne l'oublie pas ! J'ai des projets pour toi... Je suis rue du Bac, n° 44... Passe demain, je te présenterai Geneviève.

Jules acquiesça tout en sachant pertinemment qu'il ne désirait pas renouer avec ce fantôme du passé. En l'envoyant tourner à Londres au début des années 1950, censément pour lui épargner la prison, ce faux philanthrope avait surtout voulu sauver un film pour lequel il avait engagé beaucoup de pognon.

Quand Jules arriva enfin à destination, Boris Ivanovitch Dolto apparut dans la salle d'attente, taillé comme un arrière de rugby avec son faux air de Boris Karloff dans le rôle de Frankenstein.

— Monsieur Dassin, je vous en prie, entrez donc...

Roulant les *r* avec superbe, il passa sa large main dans le dos du futur patient et l'entraîna dans son cabinet donnant de plain-pied sur un coquet jardinet où trônait une sculpture de Zadkine.

D'emblée, les deux hommes convinrent de parler russe.

Né en Crimée à la fin du XIXe siècle, Boris Ivanovitch avait servi dans l'armée de Dénikine avant d'émigrer en France, dans les années 1920. D'abord tourneur-ajusteur aux usines Citroën, puis garçon de piste-infirmier au cirque Bouglione pour financer ses études de médecine, il était devenu une référence mondiale en matière de rhumatologie. Jules était entre de bonnes mains, des mains qui d'ailleurs ne paraissaient pas pressées de s'activer.

Ils papotèrent, firent connaissance, parlèrent du milieu du music-hall, de l'orientation prise par leurs deux chenapans qui apparemment partageaient le même goût pour les blagues grivoises, la bonne bouffe et la fête jusqu'au petit matin.

Finalement, peut-être qu'eux-mêmes ne s'étaient pas assez amusés dans leur jeunesse.

— Ce n'était pas la même époque... Il y avait la guerre, mais moi, dit Boris, je n'aime que mon travail.

Jules, quant à lui, regrettait de ne pas avoir assez profité de son corps.

— « Tu dois savoir danser, me disait ma mère. Rien ne résiste à un bon danseur. Pourquoi crois-tu que j'ai épousé ton démon de père ? »

— Vous ne faites pas d'exercice ?

— Non, mais j'aime beaucoup les sports collectifs (baseball, hockey, basket, foot), à la différence de Joe qui est plus individualiste : golf, billard, fléchettes. Même quand il fait la nouba, il arrive qu'il finisse seul au bar devant une bouteille de vodka. Il se bat constamment contre lui-même.

— Jean-Chrysostome n'a pas ce problème. Il est armé pour se défendre. C'est une ceinture noire de judo, il a été videur de boîte de nuit, puis chauffeur-garde du corps de Sylvie Vartan.

Je devrais l'engager, pensa Jules, que Max et Sam avaient lâché.

— Carlos, c'est un pseudonyme, alors ?

— Oui, en hommage au percussionniste Carlos « Patato » Valdés... Bon, je n'ai rien contre les métiers du spectacle, mais j'ai tout de même insisté pour qu'il passe son diplôme de masseur. Comme ça, si le public lui jette des tomates, il pourra toujours prendre ma suite.

Jules dit qu'il avait essayé de faire pareil avec Joe. Pour l'heure, tout allait bien, il avait plutôt trop de travail que pas assez.

Les deux hommes sympathisèrent. Ils étaient faits du même cuir. Leurs enfants avaient eu plus de chance qu'eux, si on considérait que naître dans un milieu aisé était une chance.

— À notre époque, tout tournait autour du travail, fit remarquer Boris Ivanovitch. Aujourd'hui, c'est plutôt la déconne, le fun, comme ils disent. Après ce pétard mouillé de 1968, la société est vite redevenue ennuyeuse, ces gosses ont envie de s'amuser.

Boris s'interdisait de juger. Sa femme, pédiatre et psychanalyste, soutenait qu'il ne fallait pas brusquer les mômes. Laissons l'enfant trouver son propre épanouissement, ne lui enfonçons rien dans le crâne, à part se laver les mains.

— Au moins, j'ai un fils qui sent bon, résuma Boris.

— Je n'ai pas trop à me plaindre non plus, dit Jules. Propre et bien habillé.

— Bon... Où avez-vous mal ?

— Partout !

— On va voir ça. Mettez-vous en slip et allongez-vous sur le ventre.

— On devrait aller faire un tour à La Barbade, suggéra Jules en montrant la carte postale à Melina.

— Tu plaisantes, dit-elle.

Contrairement à Joe, elle recherchait l'exposition : occuper encore et toujours le champ médiatique, faire parler de son combat. Son autobiographie se vendait bien, elle préparait un portrait télévisé avec Pierre Jourdan, et les chansons ne cessaient d'affluer, signées Claude Lemesle, Pierre Delanoë, Serge Lama et même Richelle Dassin, qui s'était découvert un talent de parolière.

— Alors, la barbe, La Barbade ! Et puis, tu sais bien que les vacances, ce n'est pas notre tasse de thé. On s'emmerderait trop... Au fait, il est comment, ton kiné ?

— Je te le dirai demain. Je vais m'allonger.

## 20 août 1972

Jules arriva à Trouville à 11 heures. Le soleil venait de réapparaître après une averse, rendant la chaussée aussi scintillante qu'une anche de clarinette. Ces giboulées d'août étaient fréquentes sur la côte normande. Aveuglé, il se gara sur le parking, en face du port de pêche, devant les chalutiers aux grappes de flotteurs multicolores qui déchargeaient leur cargaison. Il était en avance. Il alla faire un tour sur le marché aux poissons et acheta une bourriche d'huîtres, sachant que Melina en raffolait. « Avec beaucoup de glace », précisa-t-il au vendeur.

*La première fois que nous avions découvert cet endroit, c'était en 1952 ou 1953. Béa et les enfants s'y étaient plu, cela leur rappelait la Californie en plus frisquet. Nous avions pris l'habitude d'y retourner chaque année. Je préférais Deauville et l'hôtel Normandy. Béa, c'était plus Trouville et l'hôtel Le Florian. Elle m'y attendait pour déjeuner.*

Jules contemplait la mer houleuse sous le ciel pommelé de gros nuages blancs. Là-bas, sur les planches bordées de cabines de bain, le vent du nord-ouest faisait claquer les drapeaux. Des touristes marchaient sur le sable, emmitouflés. Quelques amateurs de baignades vikings entraient dans l'eau en poussant des cris et en ressortaient rouges comme des homards. Il n'avait pas voulu faire signe à Françoise Sagan qui vivait tout près, dans son manoir du Breuil. Sans doute dormait-elle encore, après avoir claqué ses royalties au casino. Jules était là incognito. Il n'avait pas le moral, et Melina lui avait dit : « Va faire un tour à la mer. » Ce qu'il fallait traduire par : « Va voir Béa ! » Le seul viatique quand Jules commençait à broyer du noir.

Ils s'étaient installés à l'intérieur, bien au chaud dans la véranda parmi les ficus et les orchidées. Après l'assiette de crustacés, Béa avait pris le turbot et Jules, une entrecôte saignante. Du vin blanc pour Béa, un bourgogne pour Jules.

— Tu as bonne mine. Quoi de neuf ?

— Claude et Georges Pompidou sont venus à Prades. Nous avons parlé de toi. Le Président a vu tes films. Tu savais qu'il avait d'abord songé à devenir scénariste de western ?

— Non.

— Ils apprécient Joe. Claude aimerait l'inviter au Noël de l'Élysée.

— Et les colonels ? Qu'est-ce qu'il en pense, Pompidou, des colonels ?

— Il a d'autres soucis en tête. J'ai l'impression qu'il est sous cortisone.

— Tu ne t'ennuies pas trop ici ?

— Non, j'ai un ami peintre à Honfleur. On se balade ensemble.

Elle ne changeait pas. Toujours ce sourire désarmant, quelles que soient les circonstances. Qu'il pleuve, vente, gèle à pierre fendre, Béa souriait. Et sans doute était-ce cela que Jules était venu chercher ce jour-là, cette résignation heureuse face à la désolante marche du monde.

Béa ne posait jamais de questions, ce qui rendait sa compagnie si reposante. Elle connaissait trop bien Jules. Elle savait que, tôt ou tard, il lui ouvrirait son cœur.

Elle prit la crème caramel et lui la tarte normande, avec deux cafés. Il régla l'addition, et ils descendirent sur la plage, qu'ils longèrent arrimés l'un à l'autre. Jules avait mis sa casquette et Béa sa capuche. Les gens étant encore à table, seules les mouettes pouvaient surprendre leur conversation. Jules raconta la série noire de Melina.

Au printemps, les cendres de son père, conservées dans un petit cimetière de la banlieue de Londres depuis son décès en exil en 1967, avaient été rapatriées à Athènes. Le gouvernement grec avait refusé à sa fille d'assister à l'inhumation. Lorsque, le 11 juillet, ce fut au tour de sa mère de succomber à une crise cardiaque, Melina et Jouli obtinrent un sauf-conduit d'une seule journée pour venir aux obsèques. Le mandat d'arrêt pour activités subversives dont ils faisaient l'objet avait été suspendu pour vingt-quatre heures. S'ils s'étaient attardés une seule minute de plus sur le sol grec, et surtout s'ils avaient commis l'imprudence ou eu l'impudence de parler aux journalistes, ils auraient été arrêtés et emprisonnés.

Béa l'écouta sans mot dire. De temps à autre, elle lui caressait le bras. « Allons, allons, redresse-toi, Jules Dassin. »

Ils poussèrent jusqu'au sémaphore, puis revinrent à l'hôtel vers 4 heures de l'après-midi. Béa prit un chocolat chaud et Jules, une bière qu'on leur servit au bar.

Il n'avait plus grand-chose à dire. Il se sentait seulement un peu mieux. L'alcool, la marche, les paroles emportées par le vent, l'air iodé, tout cela avait endormi sa tristesse.

Béa reçut un appel et, à sa voix, Jules comprit que c'était Joe.

*Tu l'appelais presque tous les soirs, vers 5 heures, les terribles 5 heures du soir du poète García Lorca, quand le matador s'apprête à entrer dans l'arène. Toi aussi, tu avais besoin de sentir la douce robustesse de Béa chaque fois que tu devais toréer le public.*

— Ton père est là. Tu veux que je te le passe ? D'accord... Oui... Moi aussi, mon grand, très fort.

Elle raccrocha.

— Il t'embrasse, dit-elle à Jules.

— Comment va-t-il ?

— Écoute, avec lui, tout va toujours très bien madame la marquise. La vérité est que c'est un métier épuisant, et puis il n'est pas tout seul à vouloir qu'on l'adore...

Après avoir connu des débuts fracassants, Joe commençait à marquer le pas. Il faut dire que la concurrence était rude. Le groupe Il était une fois avait pris la tête du hit-parade. Véronique Sanson n'avait besoin de personne pour imposer son vibrato. Les inévitables et indémodables Johnny et Cloclo faisaient toujours la une de *Salut les copains*. Maxime Le Forestier chantait lui aussi très bien l'Amérique, avec *San Francisco*... De nouveaux talents comme Alain Souchon,

Michel Berger séduisaient. Et puis il y avait Polnareff, cet autre fils d'émigré d'Odessa, avec ses mélodies étourdissantes et son sens du marketing.

— Tu as vu l'affiche de son prochain Olympia ? demanda Béa.

— Oui, dit Jules.

— Remarque, il a un beau cul, normal qu'il s'en serve !

— Je dois admettre que ce monde de la publicité me dépasse, dit Jules, qui sentait le vague à l'âme revenir au galop.

Joe avait bien réagi, estimant les fesses de son rival moins dangereuses pour l'humanité que les déchets plastiques au fond de l'océan. Quant à sa relative baisse de notoriété, il s'en accommodait très bien. « J'ai connu une belle déferlante. Le destin du surfer est de finir sur le sable. Soit je chevaucherai d'autres vagues, soit je passerai à autre chose ! »

— Notre fils est lucide.

— Oui, confirma Béa, lucide et sensible. Au mois de juin, avec Carlos, ils se sont rendus au petit cimetière de Pézenas pour fleurir la tombe de Boby Lapointe, mort à cinquante ans d'un cancer du pancréas. *Tic-tac, tic-tac, ton Boby t'a quitté, tic-tac, tic-tac...*

Joe avait produit le dernier album de Boby illustré par un portrait du peintre naïf Maurice Ghiglion-Green : Lapointe en pull marin, le nez dans les pâquerettes.

Jules hocha la tête, finit sa bière et se leva, prêt à reprendre la route.

— Tu es sûr que tu ne veux pas rester coucher cette nuit ?

— Non, non, Melina va s'inquiéter.

— Téléphone-lui.

— Je lui rapporte des huîtres, elles ne peuvent pas attendre.

— Écoute, Jules, dit Béa, pour nous aussi ça a été dur, souviens-toi.

— Nous n'avions pas le même âge !

— Melina est forte...

— Oh ! Ne crois pas ça. Je la tiens ! Si je disparais, j'ai peur qu'elle s'écroule. C'est pour ça que je m'accroche. Mais j'ai de plus en plus de mal à signer des contrats. Place aux jeunes !

Il avait dit ça sur un ton qui ne laissait aucun doute à son ex-femme : c'est de cela qu'il souffrait le plus, disparaître oublié.

— J'aime bien Claude Sautet, admit Béa. Tu as vu *Les Choses de la vie* ?

— Et Lelouch, tu l'aimes aussi ?

— Tout le monde aime Lelouch à Deauville.

Elle savait que Jules détestait qu'elle lui parle des autres cinéastes. L'être le plus important de la vie de Jules, c'était Jules !

Mais tous les artistes étaient ainsi.

Elle se mit à chantonner *Chabadabada* et le serra contre elle, rêvant peut-être qu'il la fasse tourner dans ses bras comme Trintignant avec Anouk Aimée.

Il se dégagea maladroitement et se dirigea vers la porte.

— Sois prudent, dit-elle.

Elle le regarda par la fenêtre se diriger vers son Alfa Romeo. À soixante-trois ans, il était encore fringant.

## 20 août 1973

*La folie des colonels avait occulté la vie de famille et les affaires du monde. Avec Melina, nous passions le plus clair de notre temps à essayer de stimuler le cœur vacillant de la Grèce par des interventions multiples à valeur d'électrochocs, tandis qu'autour de nous d'autres cœurs s'emballaient : le tien, Joe, que tu ne ménageais pas, branché en permanence sur celui du public qui te réclamait toujours plus d'émotions, et le cœur brinquebalant de Maryse qui, enceinte de votre premier enfant, montrait des signes inquiétants d'anémie.*

La grossesse ne se passait pas très bien. Maryse devait observer un repos absolu, ordre de la gynéco. Joe avait décidé de renoncer à ses vacances à Tahiti pour rester auprès d'elle. Elle savait mieux que quiconque combien il rêvait de retourner en Polynésie, ce paradis qu'elle lui avait fait découvrir quelques années plus tôt et où déjà il songeait à s'acheter un terrain et un faré.

— Tu seras mieux là-bas pour écrire, composer. Ta carrière passe avant tout. Va-t'en !

Il se laissa convaincre de partir avec Claude Lemesle, son poisson-pilote. De son côté, Maryse irait à Deauville, à l'hôtel Normandy, pour profiter elle aussi de l'air pur de la mer, et à sage distance de sa belle-mère, qui pérégrinait comme chaque été entre Honfleur et Trouville.

C'était en juillet. Tous les jours, Joe appelait Maryse depuis l'autre bout de la Terre, en s'adaptant aux décalages horaires et aux fréquentes coupures de communication. Il lui posait mille questions, se gardant bien de préciser comment il occupait ses journées, avec ses amis tahitiens et quelques hôtesses de l'air affriolantes en compagnie desquelles il pouvait lui arriver, entre deux bringues, de s'oublier.

Il rentra début août, pour sa tournée, et redoubla d'attention. Forcément, cet enfant ne pourrait être qu'un garçon, et il était primordial que son fils parle américain. Il lui chantait *Imagine* de John Lennon à travers le ventre dur comme un tambour de sa maman, laquelle s'astreignait trois heures par jour à perfectionner son anglais en écoutant des cassettes de la méthode Assimil.

Joe passa un coup de fil à Jules, ce qui n'était pas si courant. Bien sûr, Jules crut que c'était pour lui annoncer qu'il était grand-père. « Nous n'en sommes qu'à six mois, papa ! » Non, si Joe l'appelait, c'était pour savoir comment s'était passé le tour de chant de Melina dont il avait écrit plusieurs musiques. Rassuré, il raccrocha.

*Le 20 août 1973, nous allâmes au cinéma de la rue Saint-André-des-Arts voir* L'Épouvantail, *de Jerry Schatzberg, qui avait reçu la Palme d'or. Il se produisit un léger incident : l'inversion des bobines. Le film passa dans le désordre sans que le projectionniste puisse intervenir.*

*Une bouffée d'émotion m'envahit. Cet aléa, lié à l'odeur des fauteuils de velours poussiéreux, m'avait replongé dans l'ambiance un peu foutraque du petit théâtre yiddish où tout avait commencé. Au milieu de bien des disparitions et désillusions, une chose demeurait ancrée au plus profond de ma chair : l'amour de mon art.*

*Nous nous remettions à tirer des plans sur la comète : une adaptation de* L'Opéra de quat'sous, *avec Melina dans le rôle de Jenny, que je lui promis de monter à Athènes dès que la liberté serait revenue.*

*Cette nuit-là, Melina fit encore l'un de ses rêves épouvantables qui la mettaient en transe.*

*Au réveil, elle décrivit une femme accouchant dans la douleur d'une petite crevette rose. Un homme se précipitait avec un seau de plage rempli d'eau pour recueillir la minuscule créature. Hélas, il arriva trop tard, de rose et frétillant le décapode était devenu noir et desséché.*

*Je la rassurai comme chaque fois, sans penser un seul instant que, le 12 septembre suivant, la catastrophe annoncée allait se produire exactement telle que prophétisée dans le songe horrifique : né avec deux mois et demi d'avance, Joshua, l'enfant tant désiré, ne vivrait que cinq jours malgré tous les efforts de l'équipe du professeur Minkowski.*

*Ma belle-fille se montra fataliste. Elle s'était battue pour garder son enfant, il allait à présent falloir qu'elle se batte pour ne pas perdre son mari.*

## 20 août 1974

*Je est un autre, disait Rimbaud. Il y avait en toi, mon fils, deux moi qui se faisaient la guerre. Tu ne laissas rien paraître de ton immense chagrin qui sournoisement allait accentuer une fêlure déjà existante.*

Accaparé par la préparation de son second Olympia, Joe trouva dans le travail un exutoire parfait à son malheur. Le défi était de taille, car sa carrière traversait un trou d'air et il devait à tout prix retrouver le chemin du succès. Il s'enferma dans son bureau insonorisé avec ses havanes et son bourbon, et passa des nuits à chercher sur sa guitare le tube magique que fredonneraient des millions de fans. Rien ne sortait, pas le moindre accord. Lorsqu'il composait pour les copains – *Bébé requin* pour France Gall, *Big bisou* pour Carlos, *Je suis grecque* pour Melina –, les mélodies venaient naturellement. Dès qu'il devait écrire pour lui, il se compliquait inutilement la tâche et faisait un blocage. Toujours cette peur de ne pas être à la hauteur. Manque de confiance en lui, ou peu d'estime de soi, difficile à dire. Le niveau de la bouteille de Jack Daniel's avait beaucoup baissé, des cadavres de cigares emplissaient le cendrier. Joe avait troqué sa guitare pour son bon vieux banjo, bientôt remplacé par un soubassophone. Mais, quel que soit l'instrument, il butait, il séchait… La voix pâteuse, il se mit à ânonner de plus en plus fort les paroles d'une chanson du regretté Boby : « Moi, je veux jouer de l'hélicon. »

L'oreille collée à la cloison, Maryse assistait, impuissante, à cette séance de torture. Puis le silence se fit, seulement entrecoupé par le bruit régulier des fléchettes s'enfonçant dans la rondelle de liège. Alors elle toqua doucement à la porte et murmura : « Mon bébé, veux-tu que je te fasse un café ? » N'obtenant pour seule réponse qu'un petit papier glissé sous la porte : « Ne m'appelle plus jamais ton bébé ! »

Le lendemain, Joe émergea à midi, livide et bouffi. Ses paroliers l'attendaient pour lui soumettre leurs idées. Il y jeta un œil, leur dit que c'était à chier puis partit jouer au golf.

— Nous sommes perdus, dit Jules qui, depuis trois quarts d'heure, tournait en rond dans la campagne francilienne.

Pour la troisième fois, ils venaient de croiser la pancarte indiquant « Feucherolles » qui les ramenait invariablement à leur point de départ. C'était ça, les petites routes et les charmants villages de France qui faisaient tant rêver les Américains.

— Ils sont là ! s'écria soudain Melina.

Elle avait aperçu la Mercedes blanche et, dans un champ au loin, Joe et Maryse chaussés de bottes de chantier qui se donnaient une idée de la superficie de leur future maison en arpentant à grandes enjambées un vaste terrain en pente.

— Il s'agit en fait de trois maisons reliées entre elles, expliqua Joe en montrant le plan. La première pour le travail : elle comprendra mon bureau, un secrétariat et un studio d'enregistrement. La deuxième servira d'habitation principale, avec de nombreuses pièces et une piscine divisée en deux bassins, l'un à l'intérieur, chauffé pour l'hiver, et l'autre dans le jardin pour l'été. Et dans la troisième, nous logerons les gardiens. Il y aura d'immenses sous-sols avec des garages pouvant contenir les voitures et les cars des musiciens, une salle de cinéma et, bien sûr, une fantastique cave à vins… Plusieurs hectares de terrain, des pelouses où pourront gambader mes enfants, des arbres pour qu'ils construisent des cabanes, des animaux en liberté, ânes, moutons, poules et faisans, une volière et, tout au fond du domaine, je n'aurai qu'une porte à pousser pour gagner le terrain de golf.

Il expliqua que cette maison d'architecte serait la copie conforme d'une autre qu'il voyait tous les jours à Los Angeles quand il allait à l'école.

— Oui, dit Jules, je la revois très bien, elle nous faisait bien rêver, ta mère et moi.

— Eh bien, ce rêve, comme tu dis, je vais me l'offrir, je vais vous l'offrir à vous aussi, car nous en ferons une grande maison de famille ainsi qu'un havre pour recevoir tous nos amis…

— Ce sera ton Xanadu, dit Jules en faisant référence au château de *Citizen Kane*.

— Non, dit Melina, ce sera le palais de Priam, comme décrit par Homère dans *L'Iliade* avec, je cite de mémoire, deux fontaines côte à côte. De l'une, en hiver, coule une eau vive, bouillonnante, de la fumée en sort, l'autre s'écoule en été, pareille à la froide neige…

Joe les invita à déjeuner dans une auberge toute proche. Il était très excité, regorgeait de projets, sa petite entreprise s'était remise à tourner à plein régime.

— Dans le showbiz, c'est comme dans le Grand Nord, dit Maryse, si tu t'assois, t'es mort !

Il commanda une nouvelle bouteille. Et alors que tout le monde calait, il insista pour qu'on leur apporte le chariot de fromages.

— J'hésite entre le camembert et le livarot. Choisis, papa...

Le repas traîna jusqu'à 5 heures du soir. Lorsqu'ils sortirent, le ciel était lourd et gris. Comme leur estomac. Il commençait à pleuvoir. Ils se séparèrent en chantant *Señor Météo*, écrit et composé par Joe pour son ami Carlos, qui venait de découvrir le mouvement punk à Londres. Carlos osait tout ce que Joe n'osait pas. Il était son golem délirant. Avec lui, il pouvait se laisser aller sans risque d'écorner sa belle image.

En rentrant, Jules confia son soulagement à Melina :

— Ils ont l'air d'aller mieux...

— Il a un peu la folie des grandeurs, fit remarquer Melina.

— Il faut bien qu'il place son fric.

— L'argent ne fait pas le bonheur.

— Surtout quand on n'en a pas, rétorqua Jules.

— Cette grande baraque pour eux deux... À leur place, ça me ferait un peu peur. Cendres et poussière, ainsi finit le palais que Priam, le semeur de cinquante enfants, avait fait construire pour ses filles, ses fils et leurs épouses...

— Tais-toi, dit Jules. Tu as toujours eu peur des maisons.

— Une chance, tu n'en as jamais eu !

## 20 août 1975

— Jouli, je n'en peux plus d'attendre... J'ai pris ma décision !

— Quelle décision ?

— Je retourne en Grèce ! J'ai mûrement réfléchi, mais je ne t'oblige à rien...

*Je me trouvais en Californie à la recherche d'un distributeur pour mon film* La Répétition, *tourné dans l'urgence l'année précédente pour retracer la rébellion des étudiants de l'École polytechnique d'Athènes réprimée dans le sang. Quatre cents morts, des milliers de blessés, trois mille personnes détenues au stade du Pirée, mille qu'on avait envoyées croupir dans les geôles de Salonique.*

*Mon jeune ami Costa-Gavras m'avait aidé bénévolement. Il s'était rendu à Londres pour filmer la séquence où Laurence Olivier lit un poème grec. Mais entretemps, le 24 juillet 1974, la junte était tombée... En quelques secondes, notre vie avait basculé. À Athènes les gens sortaient dans les rues avec des cierges de Pâques. À Paris, le téléphone n'arrêtait pas de sonner. Joe avait chanté en grec à la radio. Melina était surexcitée. Elle était descendue dans la rue pour répondre aux journalistes. Elle n'avait pas eu le temps de se coiffer, elle avait l'air d'un vieux chiffon mais elle s'en foutait... Elle était si heureuse. « Et maintenant, qu'allez-vous faire, madame Mercouri ? — Rentrer en Grèce dès que possible ! » Moi, je n'étais pas prêt. Elle n'avait rien voulu brusquer. J'étais retourné en Californie pour tenter de vendre mon documentaire, une façon de gagner du temps. Mais un an plus tard, à force de ronger son frein, elle avait fait son choix, et je devais faire le mien. Partir ? Rester ? Cette question qui m'avait déjà taraudé à l'aube des années 1950, quand j'avais dû fuir l'Amérique de McCarthy, revenait comme un boomerang.*

Jules fit une brève escale à Paris pour récupérer quelques affaires rue de Seine. Il croisa Claude Lemesle. Ils allèrent boire un verre.

— Quoi de neuf? demanda Jules distraitement.

— *L'Été indien.*

— Qu'est-ce que c'est ?

— Tu es vraiment le seul habitant de cette planète à l'ignorer.

*On ira où tu voudras, quand tu voudras,*
*et l'on s'aimera encore*
*lorsque l'amour sera mort...*

Jacques Plait, qui profitait toujours de la pause déjeuner pour écouter les disques entassés en pile sur son bureau, avait « flashé » sur ce 45 tours italien chanté en anglais, *Africa*, sur une musique de Toto Cutugno et Vito Pallavicini. Sans prendre le temps de finir son pan-bagnat, il s'était précipité au siège de CBS pour bloquer le titre.

— Je veux cette chanson pour Joe.

Passant outre l'avis du comité artistique, Jacquot s'était hâté de rejoindre Feucherolles pour faire écouter la pépite à sa vedette.

— Tu as raison, c'est fantastique, avait dit Joe. Mais la chanson est mal taillée.

— Qu'à cela ne tienne, on va l'envoyer à l'atelier de couture. J'appelle nos petites mains.

Qui aurait pu penser que cette mélopée décousue, retouchée à la thalasso de Deauville, dans des caissons de vapeur, par Pierre Delanoë et Claude Lemesle, contribuerait à faire de Joe Dassin le plus grand vendeur de disques de la décennie ?

*Tu étais une super star. Tu appartenais au monde qui fait rêver : l'hiver à Courchevel, l'été à Tahiti, tu chantais dans toutes les langues et dans le monde entier. Les émissions de Gilbert et Maritie Carpentier t'avaient fait entrer dans tous les foyers, tu avais réussi à surmonter tes épreuves et à sortir au bon moment le tube planétaire. Chapeau l'artiste ! Quant à moi, je me retrouvais sur une voie de garage !*

— Et toi, Jules, demanda Claude, tu vas t'établir en Grèce alors ?

— Je verrai bien sur place comment les choses tourneront.

Denys Valhiotis, l'ami d'enfance de Melina, était venu le chercher à l'aéroport dans sa décapotable et ils roulèrent à travers un décor de buildings et d'immeubles enlaidis par la pollution, tandis qu'un crépuscule moite et orangé tombait sur l'Acropole.

Melina ne possédait plus rien à Athènes. La maison de la rue Tsakalof où elle avait fait ses premiers pas était devenue un bazar de fringues.

Denys mettait son appartement à leur disposition. Il avait tout réglé à la perfection.

— Vous serez tranquilles, ici. Tu auras ton petit coin à toi, Jouli. La chambre à coucher-bureau qui ouvre sur la terrasse. J'ai donné à Melina la grande chambre avec la salle de bains et le boudoir. Moi, j'ai gardé la chambre de service qui a aussi une salle de bains et une véranda. Comme ça, personne ne se dérangera. On sort, on entre comme on veut. Cela s'appelle la liberté, mes amis. Ce mot que nous désespérions de pouvoir prononcer à nouveau.

— Merci, mon chéri, merci, merci...

Melina avait repris des couleurs. Chaque fois qu'elle entrait dans une pièce, c'était comme si le meltem, le vent des Cyclades, la précédait.

— On va boire du retsina, on va danser le hasapicko, et c'est moi qui cuisinerai, vous verrez, mon taramosalata est le meilleur de Grèce !

Jules s'assit sur le banc dans la courette qui avait engrangé la chaleur du jour, sous la vigne qui serpentait le long du balcon. Il sortit son peigne, remit en place ses mèches argentées, brossa son costume bleu fripé, dénoua sa cravate.

Un joueur d'orgue de Barbarie le rejoignit et interpréta *Les Enfants du Pirée* pour saluer en fanfare le retour de la star.

Alertés par l'impérissable ritournelle, amis et connaissances commencèrent alors à débarquer pour leur souhaiter la bienvenue, ne tardant pas à occuper chaque pièce de leur nouveau périmètre de vie. Melina renouait avec ses racines, saluant chacun et chacune d'un *Yassoukalimou* (« Salut, beauté »).

L'on chanta, dansa, la fête dura toute la nuit, ce qu'on ne pouvait plus faire durant le couvre-feu.

*Le 20 août, nous sommes allés rendre visite à Mikis Theodorakis. Il nous reçut en maillot de bain et chemise kaki, dans sa villa de Vrahati, petite station balnéaire du Péloponnèse. Parmi les invités, des amis de retour d'exil comme lui, comme nous. Tandis qu'ensemble ils jetaient les bases d'une nouvelle société, plus libre, plus solidaire, je promenais le caniche sur le sentier au-dessus de la mer en pensant à eux, à toi, Joe. « Vous tous, vous avez votre maison, et moi, qu'est-ce que j'ai ? Mes valises ! » J'avais repris ma vie de Juif errant.*

En rentrant, Melina fit part à Jouli de son envie de se lancer elle aussi en politique. Elle avait déjà pris sa décision à Paris au moment de la chute des colonels.

— Papandréou m'a appelée. Il veut me voir pour me demander de travailler à ses côtés, au sein de son nouveau parti. Qu'est-ce que tu en penses ?

— Kennedy avait fait la même chose avec Marilyn. C'est ton image qui l'intéresse.

— Non, il m'a proposé de me porter candidate à la députation sous ses couleurs, au Pirée, là où j'ai joué Illya.

— Oui, je comprends très bien ce que tu ressens, ma chérie. Et loin de moi l'idée de te décourager. Mais les alentours

du Pirée, quartier d'ouvriers, de matelots et de prostituées, est une circonscription difficile, tu n'as aucune expérience parlementaire et, surtout, les jeunes ne savent pas qui tu es... Sept années de dictature durant lesquels tes films n'ont pas été projetés. Vingt ans se sont écoulés depuis notre triomphe à Cannes. Les femmes que tu vas rencontrer n'étaient pas encore nées... Et puis, ta garde-robe forcément va jouer contre toi. Tes adversaires se feront un malin plaisir de brocarder la bourgeoise habillée par Dior et Cardin...

— Je ne suis pas cette femme-là, tu le sais. Je suis Melina, petite-fille du grand Spyros, j'aime les gens, j'irai dans les rues, j'irai dans les cafés dans ma robe blanche brodée de bleu...

— Alors, si c'est ce que tu veux au plus profond de toi, fais-le !

— Si tu es à mes côtés, je sais que je peux y arriver. Je sais aussi quel énorme sacrifice c'est pour toi de me suivre dans cette nouvelle vie et je t'en remercie.

— Je t'aime si fort, Melina.

— Moi aussi, Jouli. Embrasse-moi.

## 20 août 1976

En ce mois d'août, Joe avait entamé une tournée triomphale. Cette année encore avait été un grand cru, Jacques Plait avait repositionné sa vedette pour faire face à la vague disco. Les succès s'étaient enchaînés : *Et si tu n'existais pas*, *Ça va pas changer le monde*, et surtout *Il était une fois nous deux*, qui grimpait très haut dans les tubes d'été. Pas seulement en France : Joe cartonnait aussi aux Pays-Bas, en Espagne...

La campagne avait jauni. Les lits des rivières étaient à sec. On abattait les vaches laitières privées de fourrage à cause de la grande sécheresse. Les gens se pressaient aux concerts en plein air. En première partie, le groupe Martin Circus se déchaînait « au son des tam-tam Woodstock ». L'envie de se faire la malle pour aller « danser à poil sous la lune » trottait dans toutes les têtes. Joe perdait deux kilos par soirée. Toutefois, il se trouvait mieux sur le goudron fondant des départementales que chez lui. Depuis la mort de son fils Joshua, il fuyait sa grande maison de Feucherolles, laissant Maryse s'occuper seule de l'aménagement et de la décoration. Ils avaient appris qu'elle ne pourrait plus avoir d'enfants.

La Grèce n'était pas épargnée par cette vague de chaleur. À Athènes, les rues étaient désertes, l'eau ne coulait plus des fontaines et les touristes se massaient sur les plages brûlantes. Melina avait essuyé une défaite honorable aux élections législatives, avec seulement quatre-vingt-douze voix de retard et en dépit d'une campagne complètement ratée. Incapable de retenir les textes que des plumes peu inspirées lui écrivaient, elle les récitait platement à la tribune, les mains tremblantes et le timbre mal assuré, butant sur chaque mot, n'arrivant pas à faire jaillir l'émotion. Comment une telle actrice pouvait-elle massacrer à ce point ses discours ?

*Elle s'inclina avec panache, promettant de revenir bientôt à la charge, en ayant tiré toutes les leçons de son échec. Elle avait participé quelques mois plus tôt à la marche des femmes de Chypre, un long serpent noir qui ondulait sur une longueur de quatre kilomètres. Aux côtés de trente mille manifestantes, j'étais le seul homme noyé dans ce cortège, pareil à un petit personnage de Sempé. Après cet intermède, nous avons repris le chemin des planches.*

Dans leur étuve de la rue Anagnostopoulou, Melina recevait quelques journalistes. Pantalon noir, pull beige, envoyant valser ses bottines pour s'asseoir en tailleur sur le divan, elle avala en grimaçant une gorgée de lait, la boisson qu'elle détestait le plus au monde, mais il paraît que c'était bon pour soigner son ulcère. Elle échangea un clin d'œil complice avec le fidèle Jouli, sentinelle attentive, ruisselant sur son tabouret à l'autre bout de la pièce.

— Madame Mercouri, vos apparitions publiques se font de plus en plus rares, que devenez-vous ?

— Vous trouvez qu'on ne me voit pas assez ? C'est parce que vous n'allez jamais au théâtre, jeune fille. Et après toutes ces années de censure c'est bien malheureux de rester chez soi. Il faut que le peuple grec voie du théâtre dans tout le pays. Moi, je me suis beaucoup agitée. L'hiver dernier, j'étais Jenny dans *L'Opéra de quat'sous* à Athènes, mis en scène par mon mari. Ensuite, j'ai joué Euripide à Salonique et j'ai une grande nouvelle à vous annoncer. Mais dis-leur, toi, mon chéri, pourquoi j'ai fait cet ulcère...

Jouli fit signe qu'il n'avait rien à déclarer.

— Eh bien, alors je vends la mèche, tant pis... Nous tournons un film, pas un film féministe mais un film sur et pour les femmes, une version moderne de Médée. C'est l'histoire d'une amitié entre une actrice qui répète le rôle de Médée et une détenue, Brenda, qui, comme la Médée antique, a tué ses trois enfants pour se venger de son mari.

— Vous seriez capable de tuer parce qu'on vous a trahie ?

— Pourquoi croyez-vous que je me suis bousillé l'estomac ? C'est parce que ce rôle me tient viscéralement à cœur... J'ai plongé dans la psyché de Médée jusqu'à la folie. Quand je fais quelque chose, je le fais à l'excès. Tout est excessif chez moi. J'aurais voulu chanter comme la Callas et danser comme Noureïev, je veux être ministre de la Culture, je veux un oscar et un autre pour mon mari, depuis le temps qu'il le mérite, mais il n'est pas trop tard, il n'est jamais trop tard quand on se bat. Ce film que nous terminons, *Cri de femmes*, sera sans doute notre dernier. Venez le voir, remplissez les cinémas, allez au théâtre, au concert, au cirque, soutenez les artistes...

— Excusez-moi, mais croyez-vous que tout cela peut encore intéresser la jeunesse ? Un sondage a été réalisé récemment pour savoir quelle personnalité faisait le plus rêver les jeunes filles, ici, en Grèce. Et savez-vous qui est arrivé en tête ?

— Aucune idée.

— Votre beau-fils, le chanteur Joe Dassin.

— Vous m'en voyez ravie, et croyez bien que si je suis élue, Joe est la première personne que j'inviterai à Athènes...

— Comment expliquez-vous son succès ?

— Il a du talent et il a du charisme. Et j'ajouterai que c'est un gros bosseur... comme son père.

Elle tourna le regard vers Jules, qui avait baissé pudiquement la tête.

## 20 août 1977

Quand, à force de bravoure et d'insistance, Melina remporta les législatives auxquelles elle s'était représentée, Joe fut le premier à la féliciter. Sa voix au bout du fil était chaude, joyeuse, enthousiaste.

— Alors, quand viens-tu chanter en Grèce, pirate ? le taquina-t-elle. Tout le monde te réclame. Il faudrait que tu viennes dans le cadre des fêtes d'Éleusis, dont j'aimerais faire la capitale européenne de la culture. On y célèbre des Mystères au cours desquels les vivants communiquent avec les esprits.

— Tout à fait pour moi, dit Joe, ça me rappellera ma période Hopis ! Mon programme est très chargé, je vais d'abord chanter en Ukraine et je viendrai à Éleusis, c'est promis.

Melina était heureuse pour Joe. Jules n'avait plus à se faire de souci pour son fils. Il replongea dans ses propres affres ; il n'arrivait pas à trouver de distributeur pour ses deux derniers films, qu'il considérait pourtant comme ses meilleurs.

— Je dois aller à Paris, annonça-t-il.

— Ah ! Paris ! Comme j'aimerais y retourner moi aussi, rien que pour me promener sur les grands boulevards... Mais je ne peux pas déserter mes nouvelles fonctions, pas maintenant, tu comprends, Jouli ?

— Je pourrais peut-être y aller seul !

*J'étais descendu dans un petit hôtel rue Delambre, à deux pas de la tour Montparnasse. J'aimais ce quartier, ses brasseries, ses cinés, les théâtres de la rue de la Gaîté... Août n'était pas le meilleur moment pour les rendez-vous d'affaires. Qu'importait, j'avais juste besoin de souffler un peu. Et, pourquoi le nier, je me sentais plus léger, moins stressé, délivré pour quelques jours de ma chère tornade. Dans un numéro de* Paris Match *qui traînait à l'hôtel, je tombai sur un reportage te montrant en croisière avec Johnny Hallyday et Michel Sardou au large de Saint-Barthélemy. Sur les photos, tes amis et toi apparaissiez en maillot de bain, bronzés et exhibant joyeusement votre musculature, sur le pont du* Vendredi 13, *ce superbe trois-mâts devenu un luxueux bateau de croisière. Superstitieux comme je l'étais devenu, j'eus un mauvais pressentiment.*

Jules appela Béa qui, par chance, se trouvait elle aussi à Paris. Il alla l'écouter jouer à l'église du Val-de-Grâce et ils dînèrent ensemble aux Yeux noirs, le restaurant russe de la rue Mouffetard. Sans qu'il lui demande, elle lui donna des nouvelles de leurs trois enfants. Joe envisageait de se produire à l'opéra d'Odessa, en hommage à son grand-père perruquier, mais Reggiani, qui en revenait, l'en avait dissuadé. Les cachets payés en roubles étaient bloqués dans des banques à Moscou et il était très difficile de les récupérer. Alors Joe était reparti en tournée dans le Var, avec sa sœur Julie, qu'il avait engagée comme choriste. Elle avait une jolie voix, et il voulait la pousser dans la chanson. Richelle continuait à « paroler ».

— J'ai aussi vu que, avec quelques amis, Joe était allé faire une virée aux Antilles, fit remarquer Jules. Et Maryse, comment va-t-elle ?

— Mais Jules, Joe n'est plus avec Maryse, lui annonça Béa. Cette croisière, c'était pour fêter son divorce. Elle va quitter Feucherolles et Joe va s'y installer avec quelqu'un d'autre...

— Tu la connais ?

— Une rencontre de sports d'hiver !

— Ce sont des choses qui arrivent, dit Jules.

— Je suis un peu triste pour Maryse.

— Elle a eu dix bonnes années, dit Jules.

— C'est depuis qu'ils ont perdu cet enfant...

— Tu sais, un couple, c'est aussi une question de voltage. Comme dans sa chanson sur l'électricité : « Tous les soirs tu m'allumes, le matin tu m'éteins, mais même si tu dois tout faire sauter, fais-moi de l'électricité... »

— Joe a beaucoup changé, tu sais !

— Ce sont les risques du métier, dit Jules, il s'est fait piéger par l'argent et le succès, comme Elvis Presley, qui vient d'ailleurs de disparaître.

— J'ai peur pour notre fils, confessa Béa.

— Il aime encore son métier ?

— Il s'y donne à fond, en tout cas...

Tellement à fond que le 27 septembre suivant, lors d'un gala à Wavre en Belgique, Joe s'écroula sur scène, victime d'un malaise cardiaque, et dut interrompre son tour de chant.

Les médecins qui l'examinèrent lui conseillèrent de lever le pied. L'un d'eux l'avertit même que, à ce rythme, il ne dépasserait pas la cinquantaine.

— Je ne veux pas vivre comme un vieillard ! J'ai la frite, j'ai la grosse patate, vive la Belgique, vive Jacques Brel, laissez-moi chanter...

Au diable la routine studio-show-dodo, il voulait s'éclater et rien ni personne ne l'en empêcherait.

*Tu aurais sans doute eu besoin du coaching de ton vieux père.*

*J'avais côtoyé d'immenses vedettes à Hollywood, je connaissais les dangers qui te guettaient. Si je n'étais pas tombé dedans, c'est que la gloire m'avait épargné, tiens donc. J'imaginais trop bien tes réactions. Tu m'aurais traité d'envieux, d'aigri, ce que je n'étais pas.*

*On a toujours papillonné dans la famille. Ton grand-père aimait batifoler avec les petites femmes de Broadway. Bien malgré moi, je m'étais fait pincer par une blonde du Pirée. Tu avais des besoins toi aussi, et ce vieux rêve d'être un père meilleur que moi qui ne négligeait pas ses enfants... Je pensais qu'avec le temps les choses s'arrangeraient, que tu trouverais ton équilibre avec cette nouvelle femme, comme je l'avais trouvé avec Melina. Hélas, Christine n'était pas Melina.*

## 20 août 1978

*Tes frasques me revenaient aux oreilles. Béa m'appelait souvent, les filles passaient me voir à Athènes, je lisais les journaux, regardais la télé. Ton second mariage avait fait la une de* Playboy, *Michel Drucker vous avait invités dans son émission. Tu te montrais partout avec ta nouvelle femme, apparemment ravie de s'afficher à ton bras en robe à paillettes ou couverte de vison. Contraignant ton style et ta nature, tu étais devenu un people. Tu portais des costumes trois pièces qui ne t'allaient pas du tout, tu riais fort, tu parlais trop. Tout sonnait faux. Et puis tu te mis à dérailler sérieusement…*

Joe ouvre les yeux dans une chambre aux murs blancs. Il doit être autour de midi. Il ne peut supporter l'éclat du soleil. Où donc est-il ? Dans quel hôtel ? Dans quelle ville ? Et qui est cette fille nue qui dort contre lui ?

Il essaie de se remémorer la soirée de la veille, le restaurant. Il lui semble qu'on parlait allemand ou une langue scandinave. Bière, whisky, vodka… Oh ! sa tête… Il se lève. Il sent battre ses tempes. Son cœur pèse comme un colin flasque. Il se dirige vers la salle de bains en tendant une main pour ne pas se cogner.

À poil devant le miroir, voyant son reflet ravagé dans la glace, il se demande qui est ce zombie qui cherche à se faire passer pour lui. Il a vraiment une sale gueule, ce mec-là. Plusieurs fois, Joe murmure son nom, « Joe Dassin », comme une formule magique qui lui rendrait son vrai visage. Peine perdue. L'inconnu continue à le fixer de son regard grinçant. Hyde qui se fout de Jekyll.

Il va devoir chanter à nouveau dans quelques heures. Il ne sait plus où. Il ne sait pas non plus dans quelle langue. Des bribes de chansons lui reviennent vaguement en mémoire, *L'Amérique* en russe, des bouts des *Champs-Élysées* en espagnol, une phrase de *La Fleur aux dents* en japonais. Tout se mélange dans sa tête. Le sol tangue sous ses pieds. S'il prenait un bain ? Non, il pense à Claude François, décédé dans sa baignoire quelques mois plus tôt...

Le téléphone pleure. Il revient dans la chambre, décroche, dit « allô »... À l'autre bout du fil, la voix angoissée de Jacques Plait.

— Joe, qu'est-ce que tu fais ? Tout le monde t'attend... Descends !

Il est à Nantes. Il va avoir quarante ans. Il veut manger un morceau avant de monter sur scène et boire un peu de bordeaux.

— Pas le temps, dit Jacquot.

— Le temps, ça se prend ! réplique Joe.

Pour le piquer au vif, Jacquot lui dit qu'il commence à chanter faux...

Joe s'isole dans les toilettes pour sniffer sa coke, fournie par l'ami d'un ami d'une amie du frère de... il ne sait plus qui.

Puis il gagne les coulisses, remonte un long couloir en roulant un peu des épaules comme s'il marchait vers le ring.

*Je suis Boxing Joe, Boxing Joe qui a mis les gros gants.*

Il croise les visages inquiets des proches, des machinos. Jacquot lui tape sur l'épaule.

— Allez, vas-y, l'artiste... Fonce...

— Pousse-toi ! Tu peux tout me dire sauf que je chante faux !

Il arrive sur scène en titubant. Le public lui fait un triomphe. Des cris, des applaudissements, quelques sifflets aussi...

Il saisit le micro, qui lui échappe. Il attaque par *Si tu t'appelles Mélancolie*. Il s'emmêle les pédales, ne trouve pas son rythme, ne trouve plus ses mots. Les musiciens le soutiennent comme ils peuvent.

Il a trop bu, trop sniffé, rien ne sort de ses poumons, comme s'il devait lutter contre une panne de sono.

*Putain, merde, qu'est-ce qui m'arrive ?*

Il se sent vide, vidé, sans ressort. Il n'a plus envie.

Sifflets, bronca, trop, c'est trop !

— Hé, Joe, t'es bourré ou quoi ? lance une voix au premier rang.

Les gens commencent à quitter la salle en chantant *Boire un petit coup, c'est agréable.*

Bientôt, Joe se retrouve seul face à des fauteuils vides.

Pierre Lumbroso, l'homme de l'ombre qui n'élève jamais la voix, sort de ses gonds :

— Me fais plus jamais ça, t'entends, Joe, ou c'est fini, nous deux !

Joe lui jure que c'est la dernière fois, qu'il ne recommencera plus, avant de s'effondrer en larmes dans ses bras.

Il sort dans la nuit, marche dans les rues de Nantes ou de Nîmes ou de Saint-Nazaire, qu'est-ce que ça peut faire, toutes les villes se ressemblent, tous les hôtels aussi... Plus tard, à l'arrière de la Mercedes blanche conduite par son chauffeur, il croit entendre la voix de Jules, venue de très loin, comme enfouie au fond d'un coquillage : *Tu es jeune, riche, célèbre, tu joues au golf, pêches la truite et le barracuda, fréquentes des palaces de rêve, les boîtes de nuit, les stations de ski huppées, les plus belles femmes s'offrent à toi, et tu déprimes... C'est dur à avaler pour un père, et pas seulement pour un père, mais pour le commun des mortels qui trime et ne peut profiter de rien. Ça me désole de voir ça...*

— Oui, oui, je sais, papa, je sais... C'est juste une mauvaise passe, je vais y remédier...

Malgré ses promesses de ne plus y toucher, il sort un sachet de poudre blanche et, après s'être ramoné les naseaux, il sent que ça va déjà beaucoup mieux.

*J'enrageais que tu puisses te prendre la tête pour des histoires de fesses alors que ton business tournait rond et que tu avais la chance d'avoir à tes côtés une bonne équipe, des collaborateurs hors pair et aux petits soins. Tu venais de signer un très bel album :* Les Femmes de ma vie, *où tu rendais entre autres un superbe hommage à ta mère. Il faut croire que ton mal était plus profond, cette mélancolie quasi ontologique que tu traînais depuis l'enfance, qui avait commencé à se manifester après notre départ d'Amérique, quand tu t'étais retrouvé seul, livré à toi-même... D'où venait cette tristesse qui soudain te fondait dessus et noircissait tout ? De nos gênes, de nos ancêtres slaves, ces princes d'Odessa ? Est-ce que je ressentais cela, moi aussi ? Chez toi, Joe, quelque chose semblait définitivement cassé dans la mécanique du bonheur. Tu étais trop compliqué, trop intelligent peut-être, trop désireux d'être aimé du public, comme le chanteur populaire de Charlebois.* Mais ce métier-là est dangereux : plus on en donne, plus le monde en veut...

Le 20 août, jour du concert catastrophique de Joe, Jules tournait un film au Canada avec Tatum, la fille de Ryan O'Neal, le Barry Lyndon de Kubrick. Elle avait obtenu l'oscar de la meilleure actrice dans un second rôle dans *La Barbe à papa* de Peter Bogdanovich à seulement dix ans. Elle en avait maintenant seize et faisait tourner en bourrique Jules, qui se mordait les doigts d'avoir accepté cette commande. Sa pire hantise : que sa carrière s'achève sur un navet ! Devant les caprices de cette gamine, ses minauderies, son rire hystérique, il avait une légère idée de ce que pouvait endurer Joe face à Christine. Emmitouflé dans sa canadienne, devant cette boîte porno de Toronto qui devait servir de décor à la scène où Richard Burton fait la connaissance de Tatum O'Neal, Jules s'agaçait des déboires de Joe qui, à des milliers de kilomètres, dans sa Mercedes blanche, voyait des éléphants roses.

## 20 août 1979

Jules a des fourmis dans les jambes. Il se lève, sourit à l'hôtesse de l'air et va soulager sa vessie. Il revient s'asseoir, regarde sa montre. Dans une petite heure, ils atterriront à Paris pour une courte escale. Son producteur se réveille.

— Pas con, ton idée de documentaire sur Joe. Maintenant que j'y pense, il n'a pas eu un problème avec les stups ?

— Pas sûr que ça intéresse grand monde !

— Oh ! mais si, détrompe-toi. Et puis c'est la vérité, non ?

Jules ne répond pas.

L'avion s'est posé à Paris. Harry, le producteur de Jules, poursuit sa route vers Berlin et Jules, vers Athènes. Les deux hommes se séparent sur une poignée de main en se promettant de se revoir.

Ayant une heure à tuer avant sa correspondance, Jules fait les cent pas dans l'espace réservé au duty free. Quand Joe avait commencé à devenir une vedette internationale que ses tournées conduisaient aux quatre coins du monde et que son père continuait à beaucoup voyager lui aussi, fuyant les dictatures et courant le cachet, il était arrivé plus d'une fois que le hasard les fasse séjourner dans le même hôtel. Le plus souvent, c'était Joe qui appelait Jules dans sa chambre, lui donnant rendez-vous au bar. Ils commandaient un brandy, et leurs yeux d'un même bleu s'allumaient... Ils parlaient de tout et de rien, comme deux vieux copains, faisant des œillades aux jolies femmes, échangeant des adresses de restaurants ou de magasins de vêtements, évoquant leurs lectures du moment : *La Montagne magique* pour Jules, *Tristes tropiques* pour Joe, se racontant leurs dernières vacances. « Tiens, disait Joe, j'ai croisé Giscard à Courchevel, il a plus d'humour qu'à la télé ; on a partagé une fondue ; sa chanson préférée est *Mon village du bout du monde*, il la joue à l'accordéon, il aimerait que je vienne chanter à Chanonat... » « Et moi, disait Jules, j'accompagne Melina qui a reçu une invitation d'Houphouët-Boigny... » Alors Joe consultait son agenda. « Je dois chanter en Côte d'Ivoire, ce serait marrant de nous retrouver à Yamoussoukro au milieu des champs d'ananas... » Chaque fois que Jules arrivait dans une ville, n'importe où sur la Terre, il espérait que Joe s'y trouvât aussi. C'était devenu une sorte de pensée réflexe. Il n'arrivait pas à se dire qu'il ne reverrait plus jamais son fils globe-trotter, avec son sourire à la Mona Lisa, au bar du Regency ou d'un autre palace, dans l'odeur des cigares et des parfums de luxe.

Jules vole à présent vers Athènes, l'avion passe au-dessus des Alpes, dans un ciel sans un nuage. Jules frissonne, il aimerait que sa mémoire s'efface d'un seul coup sur une image de bonheur : Joe poussant un landau en riant aux éclats, mais le voyage à rebours a repris son cours inexorable.

*Christine et Joe vivaient désormais à Feucherolles. Ce qui les rapprochait : faire la fête avec la jet-set. Ce qui les séparait : l'intellect. De dispute en rabibochage, d'étincelle en pétage de plombs, Joe avait tout de même fini par atteindre son but.*

Le 14 septembre 1978, Christine avait donné naissance à leur premier fils, Jonathan. Joe se trouvait en tournée au Canada et il avait chargé Claude Lemesle, qui devait le rejoindre, de lui apporter des photos de la mère et de l'enfant prises à la maternité de Neuilly. Contemplant les clichés, les larmes aux yeux, Joe avait bredouillé : « Je n'ai jamais vu Christine aussi heureuse... Cet enfant, elle le désirait autant que moi ! Une nouvelle vie va commencer ! »

Malgré tout, quand il fut de retour en France, les scènes de ménage reprirent de plus belle. Joe retomba dans ses travers, ses excès. Feucherolles était devenu un champ de bataille où les noms d'oiseaux et les assiettes volaient. Nouvelle alerte cardiaque, hospitalisation, opération d'un ulcère perforé... Son équipe s'inquiétait. Si la machine humaine venait à lâcher, ce serait tout un business mirobolant qui s'écroulerait. Joe le savait. Loin de vouloir s'autodétruire, il cherchait à récupérer, à reprendre des forces pour continuer à faire un métier qu'il avait dans le sang. L'alcool, la coke, c'était juste pour ne pas couler, se maintenir au-dessus de la ligne de flottaison. Il savait très bien ce qu'il avait à faire. Qu'on cesse de le tarabuster !

*La dernière fois que je t'ai vu sur scène, c'était en janvier 1979, pour ton quatrième et dernier Olympia. En seconde partie de spectacle, à la surprise générale, tu étais réapparu en pantalon et chemise noire, ayant abandonné le smoking blanc devenu légendaire adopté dix ans auparavant. Tu t'étais assis sur le bord de la scène, le plus près possible du public, et, les lumières baissant, tu avais murmuré presque a capella* La vie se chante, la vie se pleure. *Dans ta voix, dans ton regard bigle, la joie et la tristesse alternaient, reflet d'un conflit intérieur à l'issue incertaine. À la fin, quand tu étais revenu les saluer une dernière fois, les spectateurs, sans doute conscients de ta détresse, t'avaient fait une telle ovation que j'en avais eu des fourmillements dans la moelle épinière. Un gros gâteau t'attendait dans ta loge. Tu avais soufflé les bougies de tes quinze ans de carrière et trinqué avec « la relève » : Daniel Balavoine et William Sheller.*

Jules repartit ensuite pour la Grèce et, dans les mois qui suivirent, il guetta une carte postale de Joe qui viendrait compléter sa collection déjà riche de cent soixante-neuf spécimens. La cent soixante-dixième, datée du 20 août, signalait Joe à Faaa, en Polynésie, où, six ans après sa première escapade, il avait pris ses quartiers d'été avec sa seconde femme, leur petit Jonathan et le fidèle Claude Lemesle. La carte représentait un merle des Moluques qui semblait adresser à Jules un sourire moqueur. Au verso, une seule phrase sibylline : « Léonard devant son mur bleu. » Clin d'œil espiègle à une discussion que Jules et Joe avaient eue à propos du conseil de Léonard de Vinci à l'un de ses disciples : il est parfois bon de se tenir devant un mur blanc pour laisser l'imaginaire se remettre en mouvement. Joe semblait enfin heureux, débarrassé de ses démons, même si avec lui il fallait toujours se méfier. Il allait se refaire une santé et revenir plus irrésistible que jamais.

Jules les imaginait sur le caillebotis devant le faré, Joe apprenait à son fils à chanter *Frère Jacques* en anglais, cette même comptine que Jules lui faisait ânonner quand il avait deux ans ! *Brother John, brother John,/ Are you sleeping, are you sleeping ?/ Morning bells are ringing, Morning bells are ringing/ Ding dang dang, Ding dang dang.* Le bambin cavalait à quatre pattes, hilare, en découvrant sa première dent, tandis que Christine, enceinte du petit frère, bronzait sous les cocotiers, bercée par le fracas de la houle sur les récifs. Jules savait par ses filles et Béa que Joe était un papa gâteux...

À l'heure de la sieste, quand Jonathan dormait, Joe travaillait avec Claude à l'adaptation en français d'airs de Tony Joe White, le guitariste d'Elvis Presley, l'une de ses idoles américaines. Son éternelle clope au bec, devant une bière tahitienne, il égrenait des accords, notant ses trouvailles dans un grand cahier. Puis, de la fumée plein les yeux, il se mit à chanter le premier couplet de *The Guitar Don't Lie.* « C'est plus folk, plus *rough* ! dit Claude. Ça me botte. » Il avait retrouvé le Joe qu'il aimait, celui des débuts, quand ils passaient des nuits entières au Saint-Hilaire, rue de Rennes, à refaire le monde en chansons. À l'époque, Claude était hébergé par Joe boulevard Raspail, il logeait dans une chambre de bonne sous les toits, ils prenaient leur petit déjeuner ensemble, Joe préparait d'incomparables pancakes au sirop d'érable, derrière la cloison un bruit de chasse d'eau leur signalait que Jean-Paul était levé. Avoir Sartre pour voisin ne pouvait que les inspirer...

*Blue Country* serait leur dernier album, le dernier vinyle de Joe Dassin.

## 20 août 1980

*Le 22 mars 1980, Christine donna naissance à un second garçon, Julien. Tu déclenchas aussitôt une procédure de divorce. Ta femme refusa la séparation à l'amiable. La guerre commença pour la garde des enfants. Contre l'avis de tes médecins, tu repris les galas pour couvrir les frais de justice et te fournir en coke. Tu restais un grand professionnel encore capable de donner le meilleur de toi-même, et qui continuait à jouer à guichets fermés, seulement ta tête était ailleurs, tu ne songeais qu'à tes fils, ta bataille.*

Le 16 juin de cette année fatidique, Johnny Hallyday fêta ses trente-sept ans au Pavillon Royal, un restaurant du bois de Boulogne. Claude y retrouva Joe bien éméché. Il insista pour ramener son ami chez lui. Joe l'envoya paître : « Arrête de jouer les vieilles nounous ! »

En juillet, à Cannes, Joe rejoignit les coulisses en flageolant et s'écroula dans les bras de Pierre Lumbroso. Cette fois, c'était sérieux, l'électrocardiogramme faisait les montagnes russes. Retour en catastrophe à Paris en pleine fête du

14 Juillet. Béa l'accompagna aux urgences de l'hôpital américain de Neuilly. Le verdict tomba : on vous garde, monsieur. Arrêt de travail de trois mois. Tournée annulée.

*Ta mère m'avait appelé le soir même de ton entrée aux urgences. Nous étions à Athènes, Melina et moi, en pleine bataille juridique nous aussi pour tenter de récupérer les frises du Parthénon que le British Museum avait dérobées à la Grèce. Une affaire compliquée. J'ai demandé à Béa ton numéro de chambre. Soudain, ta voix claire, presque joyeuse au bout du fil : « Papa, tu vas bien ? » Incroyable, tu avais failli y passer et tu t'inquiétais de ma santé... Claude Lemesle était à ton chevet et vous évoquiez le séjour que vous alliez faire en août à Tahiti. Tu me dis à quel point tu étais heureux de te retrouver bientôt là-bas avec tes deux enfants : « Car ça y est, papa, j'ai gagné, le tribunal m'a confié la garde. » Tu me proposas de venir te rejoindre. Je dis que ce serait avec joie, tout dépendrait du programme de Melina : « Tu la connais, elle n'arrête pas. » « Embrasse marathon-woman... À plus tard, vous deux » furent tes derniers mots.*

Joe partit se reposer dans sa propriété des Yvelines. Il passait ses journées au téléphone avec ses avocats, se plaignant que Christine renâclât à lui restituer ses garçons, rechignant à appliquer la décision des juges. Les médecins lui avaient conseillé de faire un peu de natation, une ou deux longueurs par jour, sans forcer. La piscine restait bâchée. Ses clubs de golf ne quittaient pas leur sac. Trop faible même pour faire un peu de practice. Il vivait reclus dans deux pièces transformées en bunker, entouré de ses objets fétiches et ne lâchant pas sa bouteille de Loch Lomond, la marque préférée du capitaine Haddock, offerte par Carlos. La télévision était allumée en permanence. Il passait de la 1 à la 2, de Guy Lux aux Carpentier, et regardait ses amis chanter en play-back en direct des studios des Buttes-Chaumont, dans des décors tape-à-l'œil aux couleurs acidulées. Il se sentait à présent complètement en dehors de ce royaume des variétés dont il avait été l'un des enchanteurs les plus courtisés. Le carillon de la cloche d'entrée l'arracha à son apathie. Il ne se leva pas pour aller ouvrir. Un bruit de pas l'avertit que quelqu'un avait forcé son pont-levis. C'était Maryse, qui avait conservé sa clé.

Si elle avait pu avoir un autre enfant, auraient-ils encore été ensemble ? Elle n'osa aborder le sujet. Il l'aurait envoyée sur les roses. Il dit tristement : « On s'en est payé, du bon temps. » Très vite, la conversation se tarit. Il n'y avait pas si longtemps, cette grande maison sentait la peinture fraîche. À présent, elle puait le tabac froid et le vieux clébard, l'odeur de la solitude. Maryse lui demanda s'il souhaitait qu'elle reste quelques jours. « Non, tu es gentille. Je suis bien avec mes chats et mes chiens. » « Tu penses à prendre tes médicaments ? » « Mais oui ! » Maryse le quitta en proie à un malaise profond et soulagée de ne plus habiter cet endroit auquel une malédiction semblait s'être attachée depuis les premiers coups de pioche. Un plombier était mort électrocuté, le gardien, hospitalisé pour une opération bénigne, ne s'était pas réveillé de l'anesthésie, un cambrioleur avait perdu la vie en sautant d'une fenêtre, un livreur de pizzas s'était fait renverser par une voiture devant les grilles. Toutes les nuits, Christine appelait entre 2 et 3 heures du matin pour dire à Joe qu'elle hésitait à lui amener les petits étant donné sa santé fragile, elle jouait avec ses nerfs, le torturait à plaisir. Il se retrouvait embourbé dans les tracas ordinaires d'un divorce difficile, lui, le mythique *showman* aux trois cents chansons, vingt disques d'or et cinquante millions d'albums vendus.

En ce 20 août 1980, la chaleur pèse sur Kolonaki, le quartier chic d'Athènes. Melina traverse la place du marché où, malgré l'heure tardive, tout le monde est encore dehors en cette période caniculaire. Des voisins la saluent, elle embrasse un vieil acteur, apostrophe des jeunes gens assis à la terrasse d'un café. Elle moque un adversaire politique qui fait la même chose qu'elle, se montrer, marquer son territoire en vue des prochaines élections. Puis elle rejoint son domicile au coin de la rue, un immeuble cossu, marbre blanc et porte de verre cathédrale, deux sonnettes, l'une au nom de Mercouri pour le bureau, l'autre au nom de Dassin pour l'appartement au cinquième et dernier étage. Melina passe directement de la cabine de l'ascenseur au salon étouffant donnant sur la terrasse envahie de roses et de jasmin grimpants. Il est minuit trente. Pas un souffle d'air. La température extérieure avoisine encore les 40 °C. Par une fenêtre, on peut voir les étoiles scintiller au-dessus de l'Acropole. Elle pose ses clés sur une commode puis passe devant son portrait signé Andy Warhol et le tableau que Picasso a fait pour leur mariage. Elle s'approche d'un escalier en colimaçon menant au petit bureau-bibliothèque de Jouli, sous les toits. « Chéri, je suis là. » Jouli tape à la machine. Devant lui, la photo de Joe faisant tourner son micro comme un lasso sur la scène de l'Olympia. Et une autre le représentant avec son pull à col roulé rouge, jouant avec son chat. Une bonne heure plus tard, Jouli rejoint Melina sur la terrasse, où elle grignote des figues et des amandes enrobées de miel en buvant un verre d'ouzo. Elle lui raconte sa folle journée qui s'est achevée par un vernissage et lui transmet le salut d'un ami plasticien. Il s'installe dans une chaise longue à côté d'elle, tous deux partis pour coucher une fois de plus à la belle étoile face à la ville plongée dans l'obscurité. Jouli lui lit son brouillon de lettre au directeur du British Museum. Ensemble, ils corrigent deux, trois phrases, mettant l'accent sur le projet de musée spécialement conçu pour accueillir les frises du Parthénon indûment détenues par la Couronne d'Angleterre. La sonnerie du téléphone retentit. Jouli préconise de ne pas répondre, ce doit être une erreur ou un administré mécontent. Melina attend sagement que le silence revienne. Ils reprennent leur travail mais un quart d'heure plus tard, nouvelle sonnerie insistante, presque implorante. Melina va répondre. Jouli cherche une cigarette dans le paquet qu'elle a laissé sur la chaise longue. Il entend un cri. À l'autre bout du salon, Melina, toujours au téléphone, chancelle.

*Cette fois, Melina n'avait rien vu venir, pas de rêves prémonitoires, aucun oracle nocturne. Nous fûmes foudroyés d'apprendre que, cinquante minutes plus tôt, à midi trente heure de Papeete (1 h 30 du matin heure d'Athènes), au premier étage du restaurant d'un centre commercial où tu t'apprêtais à déjeuner, savourant ton bonheur de goûter à nouveau la joie de vivre polynésienne, tu t'étais écroulé au milieu d'une phrase.*

*Toute la nuit et jusqu'à midi le lendemain, les coups de fil se succédèrent. Melina répondait à Béa, à Richelle, à Julie, aux amis, car j'étais prostré sur le divan, trop assommé pour parler, incapable même de réaliser ce qui était arrivé. Bien sûr, je te savais patraque, mais pas au point de partir si vite. Je me disais que tu allais remonter la pente, étant fait du même crin que moi. Ta carrière commencée comme un conte de fées se terminait en tragédie. En quelques heures, la nouvelle fit le tour de la terre, de New York à Moscou, de Brazzaville à Sydney, de Madrid à Jérusalem, de Tokyo à Pékin, partout et dans toutes les langues on colportait le « décès brutal du chanteur Joe Dassin en vacances à Papeete ».*

*Les paroles de Melina au téléphone me parvenaient par bribes à travers un épais brouillard. « Mais là, où es-tu ? Quoi ? Avec les enfants ? » « Et Joe ? Ah bon ? Quel avion ? » « Non, Christine, Jouli n'est pas en état de vous répondre. Comment ? Non, ne faites surtout rien. Nous devons d'abord en parler tous ensemble. » Puis nouvel appel de Béa. Cette fois, elle insista pour me parler. Je redoutais de l'entendre prononcer certaines paroles. J'essayais encore de tenir ta mort à distance, de ne mettre aucun mot sur ce qui, pour moi, ne recouvrait aucune réalité. « Jules, me dit-elle, maintenant il faut penser aux enfants... » J'avais du mal à trouver mon souffle, je transpirais.*

*« Quels enfants ?*

*— Jonathan et Julien. Joe s'est tellement battu pour les récupérer, il est de notre devoir de les mettre à l'abri quelque part.*

*— Je ne comprends pas. Explique-toi.*

*— Leur mère va arriver d'un moment à l'autre, et elle n'aura qu'une idée : reprendre ses enfants et très certainement s'occuper personnellement des obsèques de Joe. Nous ne pouvons la laisser faire ça !*

*— Attends, je ne suis pas certain que nous soyons en droit d'exiger quoi que ce soit, c'est du ressort de la justice, nous devons nous conformer à...*

*— Écoute, Jules, moi, je pars à Los Angeles avec les enfants, rejoins-nous là-bas et nous déciderons sur place avec de bons avocats. »*

*Melina, qui suivait la conversation, me fit signe d'accepter. Je raccrochai. Et immédiatement je fondis en larmes, réclamant mon fils. « Joe... Joe... Je veux voir Joe... »*

*Melina se chargea de toutes les démarches pour trouver deux places dans le premier vol à destination de Los Angeles. J'étais dans le coaltar, ayant avalé deux Xanax qu'elle m'avait donnés. Je continuais à sangloter des paroles sans queue ni tête : « Mon Dieu, prenez-moi plutôt, je suis vieux et fatigué, et rendez-lui la vie... »*

Ils débarquèrent en Californie, où Béa les attendait avec les deux enfants de Joe. Les Dassin déposèrent une requête auprès du tribunal, arguant que Joe était américain, né à New York et ayant passé toute sa jeunesse à Los Angeles, il était donc logique qu'il y repose auprès de ses grands-parents paternels, au Hollywood Forever Cemetery. Entretemps, Christine avait rejoint Tahiti, où elle mettait tout en œuvre de son côté pour que le corps de Joe, encore à la morgue de Papeete, fût rapatrié en France. Elle réclama une autopsie qu'on lui refusa, les raisons du décès n'ayant rien d'obscur. Alors elle se répandit dans les médias, accusant sa belle-mère d'avoir kidnappé ses enfants et jurant ses grands dieux qu'elle ne se laisserait pas faire. Après plusieurs heures de palabres et de duels à distance par avocats interposés, la cour trancha sans équivoque : Joe devait reposer dans son pays natal. Restait à régler la question des enfants. Les Dassin repartirent à l'assaut, laissant entendre que Christine était une droguée, raison pour laquelle on avait confié la garde de Jonathan et Julien à Joe. Le problème était que Joe lui-même consommait de la coke. Il fallait enterrer la hache de guerre et se conformer aux décisions du tribunal. Celui-ci penchait en faveur de la restitution des enfants à leur mère. Une fois de plus, Melina dut s'employer à calmer les esprits. Même en tant que pièce rapportée, elle avait son mot à dire : Joe l'avait couchée sur son testament, lui laissant un chalet en Suisse, un terrain à Papeete et une coquette somme d'argent. « J'aimais Joe, déclara-t-elle, mais ses enfants passent avant tout. La seule chose que je consens à garder en mémoire de lui, ce sont ses chiens. »

Le 28 août, un avion d'Air New Zealand atterrit à l'aéroport international de Los Angeles avec à son bord la dépouille de Joe Dassin. L'enterrement eut lieu le lendemain, au Hollywood Forever Cemetery, derrière les Studios Paramount, dans la section 14 du carré de Beth Olam, réservée aux défunts de confession juive. Étaient présents Jules et ses deux filles, Melina, un avocat et un rabbin. Pendant ce temps, Béa gardait les enfants dans un endroit tenu secret.

*Bien plus tard, j'acceptai que Béa me raconte les circonstances de ta mort. Les médecins t'avaient mis en garde. Carlos lui-même t'avait téléphoné pour te dissuader de te rendre à Tahiti, mais ta volonté était inébranlable. Tu avais eu tant de mal à récupérer tes enfants et tu redoutais tellement qu'on te les reprenne... Tu appelas ta mère pour qu'elle t'accompagne. Durant tout le trajet, tu avais joué avec ton nouveau gadget, un échiquier électronique. Quand, au moment d'atterrir, Béa te demanda qui avait gagné, « Toi ou l'autre ? », tu répondis avec un large sourire :*

*« Cette fois, c'est moi, maman ! » Tu avais vaincu Destroy Joe, ta part de ténèbres, l'ennemi intérieur qui te chagrinait depuis tant d'années. Tu étais prêt à renaître, et ton cerveau d'ethnologue avait déjà tout planifié : le retour à une vie saine parmi des hommes et des femmes qui vivaient au rythme de la nature. Alors que les roues touchaient le tarmac, tu as saisi la main de ta mère avec une force incroyable.*

*C'était le 18 août, un lundi. Les avions atterrissent toujours à l'aube à Papeete. Claude Lemesle et ton guitariste anglais Tony Harvey, arrivés quelques jours plus tôt, étaient venus vous accueillir. « Comment ça va, les amis ? » « Et toi, mon Joe ? » « Pleine forme... » Ton premier geste fut de taper une clope à Tony malgré la stricte interdiction de fumer. « Quoi, quoi, qu'est-ce qu'il y a ? Je ne les achète plus, je les pique ! » À peine arrivés, Renée et Gilbert Casimir, un couple de kinés avec qui tu avais tissé des liens d'amitié, vous conduisirent chez eux à Mataiea, tout au bout de l'île. La fatigue se lisait sur tes traits, mais tu étais si excité d'avoir rallié ton « paradis » que tu n'entendais mettre aucun frein à tes désirs.*

*Deux jours durant, au lieu de te reposer, tu n'en fis qu'à ta tête, meilleur moyen selon toi d'évacuer le stress qui t'empoisonnait.*

*Tu souhaitais rattraper des années de frustration et de galère, manger, boire, jouer au golf, au billard, gagner en canoë un atoll où ne vivaient que les oiseaux. Ta mère était trop occupée par les bambins pour te faire la leçon. Et puis, comment raisonner un gamin de quarante et un ans ?*

*Le mercredi 20 août, à 10 heures pétantes, tu débarquas dans le magasin des Casimir à Papeete, tout de blanc vêtu et un sourire éclatant aux lèvres. Quelle journée de rêve ! Un temps idéal pour apercevoir des coryphènes, ces poissons multicolores, et aller pêcher le varot, ce petit coquillage à la chair exquise dont tu raffolais. Ta mère, Claude Lemesle et Tony t'accompagnaient. Les enfants étaient restés à Mataiea, dans le faré des Casimir, avec leur nounou.*

*Vers 11 h 45, après avoir planifié les moindres détails de l'expédition prévue dans l'après-midi, vous vous êtes dirigés vers le centre commercial Vaima où se trouvait le restaurant Chez Michel et Éliane. En entrant dans le centre, vous avez croisé Paul-Robert Thomas, un ami médecin qui, hélas, n'était pas libre pour déjeuner. Vous avez pris ensemble un apéritif dans le petit bar au rez-de-chaussée du restaurant. Sagement, tu as commandé un jus d'ananas, mais tu n'as pas pu t'empêcher de taper une clope à une cliente, t'attirant aussitôt une remarque du médecin. « C'est la dernière ! » as-tu lancé en plaisantant. Le médecin a pris congé. Tu t'es tourné vers Claude et lui as dit : « Écris-moi de nouvelles chansons, il me tarde de remonter sur scène... » Puis, après un silence, tu as lâché : « Tu vois, cette petite Christine, je n'arrive même pas à lui en vouloir !!! » « Eh bien, moi, je n'arrive pas à la plaindre, a dit Claude, car c'est la seule personne que je connaisse qui n'ait rien d'humain ! » Et toi, avec un sourire d'indulgence : « Tu trouves que ce n'est pas à plaindre, ça ? Allez, à table ! »*

*Pour bien montrer que tu étais en pleine forme, tu as grimpé quatre à quatre les marches menant à la salle de restaurant.*

*Des amis tahitiens s'étaient joints à vous et tout le monde est allé se servir au buffet. Qu'y avait-il au menu ce jour-là ? De la raie. Ce qui permit à Claude, toujours à l'affût d'un bon mot, cette blagounette : « C'est la raie-buffet ! » Tu lui as asséné une calotte amicale, jugeant son humour un peu lourdingue. Puis vous vous êtes attablés. Tu étais assis entre ta mère et Tony. Claude et les Casimir en face de toi. L'ambiance était joyeuse.*

*Dans ton assiette, du poisson cru et des crudités. Tu t'es saisi de la bouteille de vin blanc et as rempli ton verre. Tu as bredouillé quelque chose, un voisin pensant que tu demandais la salière te l'a tendue et, tout à coup, ta tête s'est affaissée sur ta poitrine. Autour de la table, les conversations continuaient. Tu ne bougeais plus. Alors quelqu'un a crié : « Y a-t-il un médecin dans la salle ? » Tony et Casimir t'ont soulevé de ta chaise et t'ont allongé sur le sol. Casimir t'a fait du bouche-à-bouche, puis Tony, qui avait pris des cours de secourisme, a tenté un massage cardiaque alors que Béa criait pour qu'on appelle une ambulance. L'air conditionné faisait bouger tes cheveux comme sur cette plage de Santa Monica où nous jouions au cerf-volant. Claude observait la scène avec effarement. La peau de ton visage était devenue verte. Et puis soudain, toi qui voulais faire entrer un peu d'hélium dans la tête des gens, tu as rendu ton dernier soupir, qui ressemblait, me dit Béa, au son d'un ballon d'enfant qui se dégonfle. Pschiiiiit...*

*L'ambulance est arrivée. À l'hôpital, ils n'ont pu que constater le décès. On t'a conduit à la morgue et là, tes amis tahitiens ont tenu à organiser une cérémonie religieuse. La coutume est de déposer sur le corps du défunt un petit morceau du vêtement de sa mère. Une femme a déchiré un pan de la tunique blanche que portait Béa et l'a placé sur ton cœur. Béa ne voulait pas lâcher ta main. Mais, doucement, tes amis l'ont entraînée...*

*Tu souhaitais couper avec ton ancienne vie, te détacher de l'Europe, t'établir à Tahiti, à quatre heures d'avion seulement de Los Angeles, où tes enfants iraient à l'école...*

*Tu avais des tas de projets pour demain, et d'abord écrire de nouvelles chansons avec Claude, mais demain viendrait seulement un peu trop tard. Tu t'étais mis à ressembler aux antihéros que j'aimais mettre en scène à mes débuts. Un dernier coup pour se refaire la cerise et se retirer dans un paradis bleu, libre, riche, et heureux.*

*Sauf que rien ne s'était passé comme prévu...*

## 20 août 1981

De l'aéroport, Jules sauta dans un taxi pour Épidaure, où Melina louait une villa chaque été, fuyant Athènes que la chaleur et la pollution automobile rendaient irrespirable. La faute au néfos, ce nuage brunâtre de dioxyde de soufre et de monoxyde de carbone qui asphyxiait Athènes dès que la température dépassait les 34 °C. Un casse-tête pour les élus qui ne parvenaient pas à trouver l'antidote à ce poison environnemental. Jules regardait défiler les champs d'oliviers rabougris et desséchés. Joe occupait moins ses pensées.

Il arrive un moment où la vie devient une somme de soustractions. Jules avait atteint cet âge critique. La colonne des pertes dépassait celle des profits. Les amis morts étaient de loin les plus nombreux; les films qu'il retenait le mieux en mémoire, ceux qu'il n'avait pas réussi à tourner. Il allait devoir s'habituer à vivre dans ses souvenirs, refaisant le montage du temps passé, ressassant ces vers de Rilke : « Merci de ces heures d'hier qui resteront plantées dans mon cœur pour y refleurir souvent... »

Jouli pénétra dans le jardin de la villa, sa valise à la main, gravit les marches menant à la piscine-terrasse. Au moment où il s'apprêtait à entrer dans la maison, un rire étouffé lui fit dresser l'oreille. S'étant retourné, il vit courir à sa rencontre, jaillissant de derrière un buisson de lauriers, deux marmots en maillot de bain suivis des deux chiens de Joe. Julien et Jonathan entourèrent leur grand-père de leurs petits bras, tandis que Melina et Christine sortaient à leur tour du massif fleuri.

En fine politique, Melina avait pris sur elle d'inviter les petits-fils de Jules et leur mère, seul moyen de faire la paix et d'atténuer les souffrances.

Le soir, à table, les garçonnets chantonnèrent l'air que leur avait appris leur grand-père :

*Qu'il est long, qu'il est loin ton chemin, papa.*
*C'est vraiment fatigant d'aller où tu vas.*
*Qu'il est long, qu'il est loin ton chemin, papa.*
*Tu devrais t'arrêter dans ce coin...*

Leur mère alla les coucher.

Melina et Jouli reprenaient le fil de leur vie.

Pour Papandréou et son parti, le Pasok, la prochaine élection serait la bonne. Les sondages les donnaient largement vainqueurs. La victoire des socialistes français au printemps précédent leur avait ouvert la voie. Le ministère de la Culture tendait les bras à Melina.

— Qu'est-ce que tu en penses, toi ?

Jouli lui déconseilla d'y aller.

— La culture, c'est 0,3 % du budget. On te filera un bureau pourri, dans un immeuble qui menace de s'écrouler, avec une équipe de vieux subalternes entraînés à enterrer les dossiers.

Melina alluma une cigarette et tourna le regard vers le théâtre antique au-dessus de la Méditerranée.

— Laisse-moi au moins essayer... Je ne veux pas finir en has been du théâtre et du cinéma. C'est trop triste que les gens parlent de moi au passé. Pour eux, je suis et je veux rester Melina.

*Nous en aurons traversé, des frontières, des fuseaux horaires, des guerres et des révolutions, mais qu'allait-il rester de tant d'air déplacé et de poussière remuée ? Ce qui compte pour un artiste, ce n'est pas de laisser un nom, mais une empreinte, faire en sorte qu'on se souvienne d'une image, d'un tableau, d'une chanson. L'empreinte que tu laisseras, Joe, sera plus profonde que la mienne. Tu me disais que, chaque fois que tu montais sur scène, tu pensais à tes Indiens Hopis de l'Arizona, descendants des anciens Aztèques. Ils faisaient des danses qu'ils ne devaient surtout pas rater, au risque de provoquer des éclipses de Soleil. Dès qu'ils enfilaient leurs masques, ils cessaient d'être des hommes pour devenir des katchinas, autrement dit des esprits. L'artiste possède sans aucun doute un pouvoir chamanique.*

*On fredonnera encore certains de tes airs dans cent ans, alors que moi, on m'oubliera comme on oubliera Joan Crawford, Gene Tierney ou Richard Widmark. On se souviendra de* L'Amérique *ou des* Champs-Élysées, *des films de Nicholas Ray et peut-être des frises du Parthénon ! Et si* Le Chemin de papa *traverse le temps, alors j'aurai une petite chance de rester présent dans la tête et le cœur des gens. C'est le nomade, le vagabond qui a inspiré le chanteur, dira-t-on. Celui qui n'a pas de maison. Oui, je suis désormais et à tout jamais le papa de la chanson...*

Jules ne réalisa jamais de documentaire sur Joe.

Son film tourné au Canada fut le dernier. Il ne se consacra plus qu'à la mise en scène de théâtre, tout en soutenant Melina devenue ministre de la Culture dans son combat pour le retour des frises du Parthénon en Grèce.

Atteinte d'un cancer du fumeur, Melina s'éteignit le 6 mars 1994, au Memorial Hospital de New York. C'était un dimanche. Jouli lui tint la main jusqu'à son dernier souffle. Quelques semaines plus tard, le 15 avril, ce fut au tour de Béa de disparaître dans sa maison d'Authouillet, en présence de ses deux filles et de leur père.

Un an plus tard, le 5 décembre 1995, à Feucherolles, Christine succombait à une crise d'asthme.

Jules prit la présidence de la Fondation Melina-Mercouri. Tous les ans, au mois d'octobre, il célébrait les fêtes d'Éleusis, essayant chaque fois d'entrer en communication avec ses chers disparus.

Il continua à voyager pour donner des conférences. En 1998, au festival du film de Barcelone, alors qu'il participait à une table ronde consacrée à la chasse aux sorcières, un très vieux monsieur au premier rang demanda le micro et s'accusa publiquement d'avoir été un délateur de Jules, implorant son pardon. C'était Edward Dmytryk. Jules le traita d'ordure et quitta la salle.

Nul ne saurait dire à quoi auraient ressemblé la vie et l'œuvre de Jules Dassin s'il n'avait pas été sur la liste noire.

Pour Bertrand Tavernier, en réduisant au silence une génération entière de réalisateurs prometteurs et de scénaristes importants, le maccarthysme avait brisé l'élan créatif de toute une génération.

Jules est mort le 31 mars 2008, à l'âge de quatre-vingt-seize ans.

Il a enfin posé ses valises et trouvé une maison au cimetière d'Athènes, auprès de Melina Mercouri.

*Ciboure – Vieux-Boucau-les-Bains,*
*5 avril 2023*

# Remerciements

À Fillou, à la base de tout.

À Dorothée Cunéo, ma fidèle éditrice, toujours présente dans les moments de doute, de cafard, de solitude.

À Anna Khachaturova, Anne-Sophie Hoareau et Tania Fouquet pour leur lecture attentive et vigilante.

À Claude Lemesle pour son si sympathique coaching.

Aux bibliothécaires de la Cinémathèque française qui m'ont avec enthousiasme ouvert leurs précieuses archives.

À Costa-Gavras, avec toute mon admiration.

À Jack Lang pour son sens de l'amitié.

## Copyrights des chansons citées

Page 138 : « Le Tourbillon ».
Paroles et musique de Serge Rezvani.
© 1961 Warner Chappell Music France.

Page 138 : « Bip bip ».
Paroles et musique de John D. Loudermilk.
Adaptation française de Frank Thomas et Jean-Michel Rivat.
© 1962 Sony Music Publishing France.

Page 158 : « L'Amérique ».
J. Christie / P. Delanoe.
© Because Music / Because Editions.

Page 189 : « L'Été indien ».
Musique de Salvatore Cutugno et Pasquale Losito.
Paroles de Vito Pallavicini et Johnson Graham Stuart.
Adaptation française de Claude Lemesle et Pierre Delanoë.
© 1975 Pianeta Edizioni Musicali SNC et Curci Edizioni SRL.

Page 200 : « Fais-moi de l'électricité ».
Paroles de Claude Lemesle et Pierre Delanoë.
Musique de Joe Dassin et Gil Slavin.
© Music 18 / Robin Song Music.

Page 225 : « Le Chemin de papa ».
Paroles de Pierre Delanoë.
Musique de Joe Dassin.

Conception graphique : Philippe Apeloig.
Composition : Utibi.

Imprimé par Grafica Veneta à Trebaseleghe (Pd).
Dépôt légal : août 2023.
Imprimé en Italie.

ISBN : 978-2-207-17667-2.

**594529**